마음의 산책

최초의 지음

마음의 산책

최초의 지음

예술의숲

글쓰기에 앞서

글을 쓴다는 것은, 그리고 그 글을 누군가가 읽는다는 것은 참으로 두렵고 조심스러운 일이다. 그런 글을 쓰자고 마음먹고 보니 부끄럽기도 하다. 완성되지도 않은 자기 자신을 많은 사람에게 내보이게 되는 것이다. 하지만 난 스스로 다짐을 한다. 내가 배우려는 자세를 갖추고 있다면 글을 쓸 자격이 주어질 것이며 글을 쓰게 됨으로써 부족한 무엇인가가 채워지리라. 중요한 것은 오랫동안 살아오면서 때 묻고 상처받았던 나의 영혼이 아름답게 치유가 되리라 믿는다.

오래전 스물 몇 살 때이던가, 출가하려고 결심했던 일이 있었다. 집안이 발칵 뒤집혔다. 엄마가 울면서 존경했던 스님께 전화했고, 끝내 연이 닿지 않았다. 좀 더 깊은 마음과 확고한 신념이 있었다면 이렇게 변명을 하고 있지 않으리라. 그 뒤로 직장생활을 하면서 절에 찾아다녔다. 절에서 출퇴근하면서 생활도 해보았다. 하지만 무엇이든지 멀리서 바라보았을 때가 아름답고 신비스러운 것이다. 가까이 더 깊이 안으로 들어가 보면 실체가 덧없음을 보게 되는 법. 언제부터인가 절을 멀리하고 사람들과 가까이 지내면서 직장인으로서 평범한 삶을 살았다. 그러면서도 뭔가를 잃어버린 듯 마음속 갈등이 끊이지를 않았고 일상과는 거리가 먼 꿈을 꾸기 시작했다. 책을 정신없이 읽었다. 그때 한 가지 얻은 것이 있었다. 지금은 만날 수 없는 수많은 성현을 책을 통해서는 얼마든지 만날 수가 있다는 것을 알게 되었다.

세계 배낭여행을 꿈꾸기 시작했다. 사람들이 말하는 그 좋은 직장을 그만두고 떠났다. 이십여 개국이 넘는 나라를 돌아다녔고 여행을 그만두게 된 마지막 나라에서 교통사고가 났다. 그리고 꿈을 좇던 배낭여행은 끝이 났다.

엄마가 돌아가시면서 유언을 남겼고 난 엄마와의

약속을 지켰다. 마흔이 넘어서 결혼을 한 것이다. 결혼을 하고 보니 전혀 상상도 못했던 생활이 시작되었다. 비로소 삶의 진정한 투쟁 속으로 뛰어든 것이다. 아이를 키우면서 주부로서 가장 평범한 생활이 시작되었다. 책도 잊고 꿈도 잊고 먹고사는 일에 허우적거리며 자신마저도 까맣게 잊어가고 있을 무렵 나의 영향을 무척이나 많이 받고 자란 고등학생 조카가 책을 한 권 사다 줬다. 그 책을 읽는 순간, 간혀있던 의식 하나가 솟구쳐 올랐다. 그것은 내게 있어 커다란 깨달음이었다. 그렇게도 오랫동안 찾아 헤매던 것이 지금 내가 사는 이곳 가장 평범한 일상 생활 속에 있었던 것이다.

나는 사람들에게 말해주고 싶다. 눈으로 보는 세상은 똑같을지라도 너무도 다른 세계가 존재한다는 것을, 작은 깨달음 하나로도 크게 변화된 세상이 있다는 것을. 더 많은 것을 알고 더 많은 깨달음을 얻는다면 세상은 어떻게 변할까. 지금 분명하게 전과는 다른 삶을 살고 있다. 다른 사람들, 특히 예전의 나를 알고 있던 사람들이 볼 때, 내 모습은 분명 실패한 인생으로 보일 것이다. 하지만 나는 지금 최고의 축복 속에서 살아가고 있다. 앞으로 얼마나 더 많은 실패와 후회를 경험하게 될지는 모르겠지만 나는 분명히 알고 있다. 예전처럼 길을 잃고 방황하지는 않으리라. 어떠한 경험이 되었든 그 경험을 통해서 분명 자신의 영혼을 좀 더 높게 승화시키리라는 것을. 글을 쓰고 있는 동안은 참으로 마음이 평화롭고 기쁘다. 이것만으로도 충분히 행복하다.

'존재하는 모든 것들을 사랑하게 하소서!'

2013년 1월
최 초 의

2부. 미움도 벗어놓고

3부. 사랑만 하면서 살아도

4부. 나를 보았다

1부

날마다 좋은날

잠에서 깨면 조용한 아침이 기다리고 있다. 하루 중에 가장 평화로운 때다. 이로써 아름다운 하루가 시작된다. 아직도 잠자고 있는 아이와 아빠를 본다. 이보다 더 자유롭고 편한 자세는 없다. 얼굴만 닮은꼴이 아니다. 땅따먹기라도 하려는 듯 서로 자리를 더 차지하려고 두 팔다리를 있는 대로 벌리고 잔다. 똑.같.다.

날마다 좋은날

날마다 좋은 날이다.

잠에서 깨면 조용한 아침이 기다리고 있다. 하루 중에 가장 평화로운 때다. 이로써 아름다운 하루가 시작된다. 아직도 잠자고 있는 아이와 아빠를 본다. 이보다 더 자유롭고 편한 자세는 없다. 얼굴만 닮은 꼴이 아니다. 땅따먹기라도 하려는 듯 서로 자리를 더 차지하려고 두 팔다리를 있는 대로 벌리고 잔다. 똑같다.

하루 중에는 좋은 일만 있는 것은 아니다. 좋지 않은 일도 얼마든지 있다. 우리는 왜 태어났을까? 뭔가를 경험하려고 태어났을 것이다. 그렇다면 좋은 경험이 되었든 좋지 않은 경험이 되었든 그것은 축복이다. 어떠한 경험이든 지혜로운 사람은 그 경험을 통해 뭔가를 배울 것이다. 또한, 그렇지 못한 어리석은 사람이라면 생각의 늪에 빠져 허우적거릴 것이다. 어떠한 일에 처하든 그때그때 자신을 잘 관찰하여야 한다. 무엇을 느끼고 있는지 느끼는 자는 누구이며 어떤 존재인지를 살펴보아야 한다. 축복된 경험을 통해 삶의 진리를 깨닫고 더 나아가서는 자신의 본질인 참 자아까지도 찾을 수 있어야 한다.

우리는 살아가면서 어떠한 환경에 처해 있든 어떠한 생활을 하고 있든 항상 책을 가까이하고 명상을 즐긴다면 참 좋을 것 같다. 좋은 책을 많이 읽고 명상을 자주 하면 분명 삶의 질이 달라질 것이다. 사람의 성향에 따라 다르겠지만, 책을 통해 몰랐던 사실을 알게 되면 기쁨이 있다. 또 명상을 하게 되면 마음에 평화가 있고 지혜가 생긴다. 세상이 자애롭고 지혜로운 사람으로 가득하다면, 서로가 아끼고 사랑하며 존중해주는 삶을 살 수 있다면 이 어찌 날마다 좋은 날이 되지 않겠는가.

특별히 종교 안에서 하는 공부만이 수행이 아니라

고 본다. 평범한 생활 속에서 열심히 성찰하고 살피어 안다면 이곳이 수행처요 법당인 것이다. 보통사람으로 살아가고 있는 우리도 깨달음을 얻을 수 있다. 종교인은 아니라도 항상 마음을 깨끗이 하고 생각과 말과 행동을 올바르게 한다면 그는 참된 사람이다. 특히 사람을 사귐에 있어서 가려서 만나면 좋겠다. 좋은 벗을 만나면 올바른 길을 걷는 사람이요. 지혜로운 스승을 만나면 삶에 빛이 될 것이다. 그러면 좋은 벗과 스승을 만나기 위해서는 어찌해야 할 것인가. 그만한 자질을 갖추어야 하겠다. 그러기 위해서는 많은 공부를 해야 하지 않을까.

옛말에 "돼지 눈에는 돼지만 보이고 선비 눈에는 선비만 보인다"고 했다. 비록 평범하게 살고 있지만 지혜롭게 한 생각 바꾼다면 우리는 전혀 다른 세상을 보게 될 것이다. 날마다 좋은 날만 있는 그런 세상 말이다.

날마다 좋은 날 되소서!

좋은 벗

어떤 사람을 좋은 벗이라 할 수 있을까. 나는 이렇게 말하고 싶다. 세상에 남편보다도 아내보다도 더 좋은 벗이 어디 있겠는가 라고.

남편에게 물었다. 내가 따로 친구를 만들어 놓고 집 밖으로 나돌아다니는 것이 좋겠어요, 아니면 당신이 내 벗이 되어줄래요.

부부가 서로에게 좋은 벗이 되려면 어찌해야 할까. 우선 서로의 취미를 알아야겠다. 사랑하는 사람이 무엇을 좋아하는지 어떠한 일에서 가장 큰 행복을 느끼는지를 알고 그것을 연구하고 같이 좋아할 수 있도록 노력을 해야 할 것이다. 이러한 것이 바로 사랑하는 사람을 위해 배려하는 희생정신이 아닐까 싶다.

  남편은 산에 가는 걸 좋아한다. 그것도 멋지게 차려입고 잘 다듬어진 등산로를 따라 걷는 등산객이 아닌 그 뜨거운 여름에도 가시에 뜯기지 않을 긴 옷과 질긴 겉옷을 입고 등산화가 아닌 시골 시장에나 가야 살 수 있는 고무장화를 신고 다니는 것이다. 길도 없는 산속을 헤매며 약초를 캐는 산행을 좋아한다. 나는 남편과 산에 가는 날은 일명 거지가 되어서 따라다닌다.

  이와 반대로 나는 차를 마시며 책을 읽고 명상하는 것을 좋아한다. 그래서 같은 주제를 가지고 대화 나누기를 좋아하는데 남편이 열심히 노력하는 것을 본다. 내가 거지차림으로 산에 따라다니는 것만큼이나 힘들 것이다. 명상에 관해 이야기를 나누고 읽은 책에 대해 이야기도 나눈다. 대부분이 아이에 관한 이야기가 주류를 이루지만 서로가 노력하는 모습을 보는 것만으로도 충분히 행복하다. 노력하지 않고서 거저 얻어지는 것이 있을까. 지금도 가끔 남편이 원망스러울 때가 있는데 그럴 때면 예전에 어떤 한 가지 일을 떠올린다. 많이 힘들었을 때, 남편한테 한 통의 전화 메시지를 받았다. 메시지를 받고 얼마나

울었던지 엉엉 소리를 내어 통곡하며 실컷 울고 나
니 그동안 맺힌 한이 다 풀어졌었다.

"당신과 가빈이를 만나 얼마나 행복한지 모른다오.
부족한 나를 만나 고생만 하는 당신을 보면 안쓰럽
고 미안할 따름이오. 오직 건강히 지내시오. 지금은
힘들고 어려워도 먼 훗날 백발이 되었을 때 두 손을
꼭 잡고 여행이나 하며 남은 세월을 보냅시다."

공경

나이가 많다 하여 무조건 공경하라 함은 옳지 않다.
다만 자애로움으로써 존재하는 것들을 사랑할 뿐이다.

나는 정신이 깨끗한 사람을 공경한다. 나이가 어려
도 상관없다. 남루한 옷을 걸쳤을지언정 그의 태도와
얼굴빛을 보면 안다. 맑은 눈 속엔 사랑과 기쁨이 넘
친다. 그의 영혼은 언제나 자비로움이 가득하다. 새
벽의 고요함과 깊은 밤의 정적을 사랑하는 사람, 푸
른 하늘빛과 흰 구름, 살며시 속삭이는 미풍을 좋아
하는 사람, 길가에 아무렇게나 피어있는 들꽃을, 깊
은 산 속에 소박하게 피어있는 이름 모를 꽃을 좋아
하는 사람, 아이를 보면 기뻐하고 사람들의 미소를
사랑하는 사람.

　대부분의 사람은 대접 받고 싶어 한다. 사랑 받고, 관심 받고, 공경 받고 싶어 한다. 그런데 왜 정작 남은 대접할 수는 없는 걸까. 상대를 진심으로 사랑하고 공경할 때 자신도 사랑받고 공경 받을 것이다.

　남에게 주는 모든 것은 자신에게 주는 것과 같다고 했다. 자신의 참 자아를 찾고자 할 때 그에 따른 진실을 보게 되면 나와 남이 다르지 않음을 본다. 대접받고 싶거든 그렇게 남을 대접하라 했다. 자신이 소중하면 다른 존재 역시 소중할 것이기 때문이다. 나와 남을 분별하는 것조차도 진리에 어긋나거늘 남을 미워하고 원망한다는 것은 참으로 두려워해야 할 일인 듯싶다.

　우리는 경험하기 위해 세상에 태어났다. 경험을 통해 잃어버린 뭔가를 깨닫고 자신의 본질을 찾고자 함이 아닐까. 그래서 난 말한다. 좋은 경험이 되었든 나쁜 경험이 되었든 그것은 하나의 축복이라고 그 축복을 통해서 우리는 아름다운 영혼을 가꾸고 만들어 나가야 할 것이다. 좋은 경험을 통해 기쁨을 느끼고, 좋지 않은 경험을 통해 작용하는 마음을 여실히 살펴 그에 따른 생각을 바라보노라면 실체가 없는 환영임을 깨닫는다. 환영 속에서 자신의 참 자아를 찾아야 할 것이다. 우리가 왜 태어났으며 무엇을 위해 살고 있는지 그리고 자신의 본질이 무엇인지를 생각한다면 그렇게 삶을 아무렇게나 살 수는 없으리라. 올바른 생각과 말과 행동으로서 자신을 바라보고 삶을 소중히 여기는 사람은 얼굴빛이 다르다. 그 영혼이 맑고 깨끗한 사람을 나는 사랑하고 공경한다.

생활 속에서의 명상

일상생활 속에서 우리는 명상을 어떻게 하면 좋을까. 사랑하는 사람들에게 명상을 권하면 어떻게 시작해야 할지 모르겠다고 한다.

나는 이렇게 했다. 제일 먼저 아침에 일어나면 바로 그 자리에 앉아 5분 정도로 시작을 한다. 그리고 저녁에 잠자리 들기 전에도 5분 정도를 한다.

처음부터 많은 시간을 하게 되면 힘들다. 그렇게 하다가 어느 정도 재미를 느끼면 10분으로 늘렸다가 15분씩 계속 이렇게 시간을 늘려 간다. 그리고 호흡을 관찰하기 시작하는데 많은 사람이 잘못 알고 있는 사실이 하나 있다.

명상은 아무런 생각도 하지 않고 조용히 앉아 있는 것이 아니다. 그렇게 하면 너무 어려워 중간에 포기하는 사람들이 많다는 사실을 알았다. 아무런 생각도 하지 않으려 하면 할수록 더 많은 잡념이 떠오르기 때문에 도저히 앉아 있을 수가 없다. 평소에는 무슨 생각을 하고 있는지조차 모르다가 명상을 한다고 앉게 되면 엄청난 생각들을 하고 있다는 사실을 보게 되기 때문이다.

명상이란 아무런 생각도 하지 않는 것이 아니라, 올바른 생각을 하는 것이라 생각한다. 숨을 들이쉬고 있구나, 숨을 내쉬고 있는지를 관찰하고, 잠깐 다른 생각을 하다 그것을 알아차리는 것 그것이 명상이 아닐까 싶다.

'아! 다른 생각을 하였구나'를 알아차리고 왜 그 생각을 하게 되었는지 원인을 알아내어 치유하고 기억에서 지우는 것이다.

분명히 해야 하는 것은, 생각했던 것을 헛생각이라 하여 생각을 하지 않으려고 발버둥치다 잊어버리면 안 된다는 것이다. 좋은 생각이었든 좋지 않은 생각이었든 무슨 생각을 했는지 분명히 알아차리고 자기 정화를 시킨 뒤 꼭 기억에서 지워줘야 한다는 것이다. 그렇게 하고 나면 다시금 호흡을 관찰하고 무슨 생각을 하는지 어떤 느낌이 있는지 순간순간을 놓치지 않고 똑바로 알고 점검하는 것이다. 이렇듯 명상을 하게 되면 마음이 쉬게 되어 영이 맑아지며 첫 번째 환희심이 생긴다 한다.

또한, 앉아서 하는 명상만 있는 것이 아니다. 앉으나 서나 걷거나 일을 하거나 쉬는 시간에도 모든 생활이 명상이 되게 하여야 한다. 하루를 잘 살면 평생을 잘산다고 하지 않던가. 매 순간, 순간이 명상이 되게 하는 것이다. 비록 살림만 하는 주부일지라고 명상을 통해 얻어지는 기쁨은 참으로 크다.

한 가지 더 말하고 싶은 것이 있다. 자신을 정화하는 데 있어서 내가 사용하고 있는 방법이다. 명상 중이거나 일상생활에서 정화해야 하는 일이 생긴다면 언제든지 나는 이렇게 하였다. 사랑합니다. 미안합니다. 용서하세요. 감사합니다.

호오포노포노의 비밀(조 바이텔, 이하레아카라 휴렌)이라는 책에 있는 말이다. 사랑하는 사람들에게 많이 권했던 책이다.

이 네 가지 말이 나에게 많은 기적을 경험하게 해주었다.

산삼

교대근무를 하는 남편은 근무시간과 쉬는 날이 일
정치가 않다. 그래서 각자 따로 지낸 시간이 많았나
보다. 나는 나대로 취미생활에 바쁘고 아이는 아이대
로 유치원 생활이 바쁘다. 아이가 쉬는 공휴일은 남
편이 일하는 날이 많고 남편은 남편대로 쉬는 날은
따로 논다. 어쩌다 보니 술 마시는 시간이 길어지고
그러다 보니 싸우는 날이 많아졌다. 아이가 보는 앞
에서는 절대 싸우지 말자는 맹세도 잊고 싸우는 순
간만큼은 아무 생각도 없다. 어느 땐 아이까지 합류
해서 아빠를 공격하고 싸웠다. 아이는 내 편이었다.

그러던 어느 날 예전에 우리 부부가 맹세했던 일
이 생각났다. 제일 중요한 것은 가족이다. 무슨 일이

생기면 어떠한 일이 있어도 가족이 첫 번째고 다음이 친구이든, 친척이든, 형제가 되는 것이다. 그런데 불과 칠 년이란 세월밖에 지나지 않았는데 옛 맹세는 다 잊었다.

　점점 위험 수위를 넘어가자 옛 약속을 지키기로 서로 타협을 했다. 쉬는 날을 무조건 가족이 함께할 수 있도록 개인적인 약속을 하지 않기로 했다. 다행히도 산을 좋아하게 된 남편을 따라 산에 다니기로 했다. 우리는 잘 다듬어진 길로 다니는 등산객이 아니다. 가시나무에 찔리지 않게 청바지를 입고 긴소매를 입어야 한다. 시골 시장에서 일부러 사온 장화도 신는다. 산속을 헤매는 것이다. 여기저기 돌아다니면서 취나물도 뜯고 도라지도 캔다. 가을엔 버섯도 딴다. 그렇게 산에 다니는 것을 좋아하게 되었다.
　첫날은 차 속에서도 싸웠다. 하지만 둘 다 정신을 차리고 산에 갈 땐 집안일도 잊고 오직 산만 생각하며 다니자고 다시 약속을 했다. 거친 산속을 다니노라면 몰골은 완전 거지가 된다. 조심하라며 서로 격려도 하고 각시가 행여 다칠세라 살피는 모습에서 진한 사랑도 느낀다. 졸졸 흐르는 물가에서 커피도 마시고 간식도 먹고 오랫동안 나누지 못했던 대화도 나눴다. 두 번째 산에 가는 날은 알아서 척척 간식과 물을 챙겨 들고 떠났다. 출발부터가 정겹다. 재미있다. 행복하다. 같이 다니다가 조금 떨어진 듯싶으면 서로 불러 찾는다. 산속은 깊은 정적으로 쌓여있다. 가끔은 두려움을 느끼게도 한다. 새들의 지저귐, 바람 소리에 나뭇가지가 부러지는 소리, 각기 다른 종류의 나무만큼 바람 소리도 다양하다. 가시나무에 찔리고 할퀴여도 마음은 지극히 평화롭다.

그때, 남편이 부르는 소리가 들렸다. "왜?" 하고 대답하자 "심봤다"한다. "왜 장난을치노"하고 다가갔더니 "이것이 산삼이야" 한다. 그리고 그 주위를 둘러본 끝에 여섯 뿌리를 캤다. 남편이 누구에게 하는지는 몰라도 '감사 합니다'를 여러 번 반복하며 인사를 한다. 무척 좋은가보다. 나도 감사의 눈물이 솟구쳤다. 남편과의 사랑도 커지고 산삼도 캤다.

처음 캔 산삼을 휴대전화로 찍어 지인들에게 보내면서 자랑을 했다. 세 번째 산에 가는 날, 오랜 만에 남편 쉬는 날이 주말이 되었다. 일곱 살 딸아이도 같이 산에 갔다. 커피와 빵과 과자 과일, 맛있는 것들을 가득 가방에 담아서 소풍을 갔다. 길이 없는 거친 산속을 아이가 아빠를 따라다니겠다고 떼를 쓴다. 억지로 말려 나와 아이는 산길을 따라 걷고 아빠는 길에서 벗어나 옆으로 헤집고 다닌다. 아이와 새소리를 흉내 내며 취나물을 뜯었다. 남편은 어디로 갔는지 보이지 않았고 나와 아이는 과자와 과일을 먹고 놀았다. 얼마 동안을 남편이 보이지 않고 조용했다. 느낌이 이상했다. 아이는 아빠가 없어졌다고 찾으러 가자고 난리다. 얼마의 시간이 흐른 뒤 남편이 불쑥 나타나 살며시 다가와 속삭이며 하는 말이 스물여섯 뿌리를 캤단다. 우리는 좋아서 팔짝팔짝 뛰면서 빙고를 외쳐 댔다. 준비해간 도시락을 먹고 놀다가 시내로 돌아왔다.

시원한 냉면을 시켰다. 갑자기 남편이 여기 좀 봐 한다. 물김치 위에 달랑 올라앉아 있는 초록색 애벌레 한 마리가 있다. 일부러 장식을 해놓은 것처럼 칼에 썰리지 않고 통째로 있다. 얼른 주인에게 가져다 보여주었다. 고향에서 식당을 하는 동생이 생각났기에 살며시 보여주었다. 유명한 집이었고 줄을 서서 기다렸다 먹어야 하는 집이어서 사람들이 북적거렸는데 집주인은 당황해 하며 얼른 감추었다. 계산할 때 보니 추가로 시킨 냉면 값은 받지 않았다.

가능하면 집에서 고기종류는 먹지 말자고 했지만, 남편이 오늘만은 특별히 백숙을 해먹잔다. 한 번도 아이에게 영양제를 사준 적이 없기에 승낙을 하고 생닭 한 마리를 사왔다. 산삼백숙을 해먹었다. 산삼 캤다고 자랑 쳤던 지인들에게 한 뿌리씩 나눠 주고 아이는 우유에다 갈아서 일명 산삼 쉐이크를 해줬다. 효과가 아주 좋았다. 오랫동안 콧물 때문에 고생했었는데 당장 멈추고 아침에 일어나면 코가 보송보송하다 정말 신기했다. 고치지 못할 것 같았던 비염이 나은 것이다. 생으로 먹어야 효과가 좋다며 나머지는 나보고 먹으란다. 그러면서 정작 자신은 먹지 않는다. 나와 아이의 건강을 먼저 생각하는 남편의 마음을 보고 소리 없이 눈물이 나왔다. 그동안 얼마나 미워했던가. 마음이 아팠다.

막 무너져 가던 가정에 생기가 돈다. 처음 했던 약속을 지키기 위해 서로 노력했는데 결과가 아주 좋다. 첫 번째 소중함을 가정에 둔 것은 참으로 잘한 일이다. 산에 다니는 것을 좋아하는 남편을 따라 산엘 다니면서 가족의 사랑도 다시 찾았다.

소중한 아이와 남편을 가족으로 만나게 해주셔서 감사합니다. 그리고 가족의 소중함을 알게 해주셔서 감사합니다. 여러분도 가족 산행을 한번 해 보시면 어떨까요. 산삼을 캘지 누가 압니까.

시내버스

석 달째 시내버스를 두 번씩이나 갈아타고 학원에
다닌다. 자격증을 따려고 한다. 취미생활로만 여겼던
일이다. 남편이 다쳐서 삼 개월 동안 일을 하지 않고
쉬었을 때 겪었던 정신적인 충격에 많은 생각을 하
게 되었다. 고단한 경험들이 삶에 변화를 준다.

올여름 얼마나 뜨거웠던가. 두 번째 갈아타려고 정
류장에서 차를 기다리며 의자에 앉아 있었다. 갑자기
내가 왜 이런 힘든 삶을 살고 있나 라는 생각이 들
었다. 예전에는 자가용을 세대씩이나 바꿔 타가며 생
활을 했는데 시내버스나 기다리고 있는 지금 내가
무슨 꼴인가 싶었다. 걷잡을 수 없는 생각들이 일어
났다 사라지곤 하며 마음이 비참해졌다. 정신을 차리

고 마음 챙김을 한 뒤 호흡을 관찰하기 시작했다. 한참 후에야 비로소 생각이 맑아지고 바른 정신이 들기 시작한다. 그렇다! 분명 무슨 뜻이 있을 것이다. 지금 겪고 있는 이 삶의 고통이 절대 헛되지 않을 것이며 영혼을 아름답게 승화시킬 것이다. 이번 경험을 통해 큰 깨달음을 얻을 것이다. 이제야 알았다. 얼마나 더 많은 것들을 배워야 하는지를 세상을 통해 배워야 할 것들이 아직은 너무도 많았던 것이다.

다음 날 아침, 시내버스를 기다리다가 타야 할 버스가 다가오면 정중하게 인사를 하기 시작했다. 그러자 놀라운 일이 일어났다. 마음에 큰 사랑이 일기 시작했다. 그리고 버스는 어떻게든 내가 서 있는 자리에 차를 세워주었다. 가령 이런 일들이 일어났다. 한번은 앞에 세 사람이 서 있었고 나는 그 뒤에 조금 떨어진 곳에서 혼자 서 있었는데 버스는 그들을 지나쳐 내 앞에 차를 세워주었다. 어느 날은 같이 인사도 해주고, 어떤 기사님은 내가 자리에 앉을 때까지 출발하지 않기도 하였다. 침묵 속에서 서로 존중하는 경험들에 난 무척 들뜨기 시작하였다. 다시 한 번 더 세상을 다르게 바라보기 시작했다.

‘내가 보는 세상은 내가 만든 것이다’라고 하였던가. 정말 그렇지 않은가. 내가 변해야 세상이 변한다는 사실을 또 한 번 확인했다. 주는 것과 받는 것이 다르지 않음 또한 알겠다. 일상생활 속에서 얻어지는 깨달음이 결코 작은 것들이 아니라는 것도 알겠다. 나는 삶의 배움터에서 끝없는 사랑과 기쁨을 얻고 있다. 가끔은 아닐지라도 절망하지 않으련다. 더 큰 사랑을 내게 주기 위함이란 걸 나는 믿는다. 오늘도 사랑과 기쁨이 충만한 하루가 되게 해주셔서 감사합니다.

백 원의 기쁨

쉬는 날 우리 가족은 유치원에 다니는 일곱 살 딸아이와 셋이서 산엘 간다. 남들은 놀이공원이다, 박물관이다, 영화관이다, 다니지만 우리는 취나물을 뜨으러 간다. 산삼을 캐러 간다. 우하하하

오늘은 진천에 있는 보탑사에 갔다. 꽤 많은 돈이 들어갔을 듯한 웅장한 건물과 잘 꾸며진 화단, 금색 칠을 한 불상들, 그리고 초파일이 얼마 지나지 않아서인지 지금 한참 비싼 커다란 수박들이 법당 안에 가득 쌓여있다. '초파일 행사가 5일이나 지났는데 왜 아직도 저렇게 쌓여 있남, 공부하시는 스님들이 많으신 선방으로 보내시던지 고아원 아니면 양로원이라도'라며 걱정을 하고 있던 나는 픽하고 웃었다. 내가

걱정할 일은 아닌 듯한데 말이다.

아이가 절을 하자며 떼를 쓰기에 우리는 삼배를 하고 나왔다. 초파일이 지났는데도 휴일이라 그런지 사람들이 여전히 많았다. 잘 차려입고 '관광, 여행, 나들이'를 왔나 보다. 나는 절을 나오며 생각했다. 이렇게 풍요롭고 좋은 절에서 큰 스님들이 많이 탄생한다면 좋으련만, 아니 이 크고 넓고 잘 지어진 집에서 공부하시는 스님들이 많았으면 좋겠다. 이 또한 내가 걱정할 일은 아니지 않은가.

절을 나와 마을 입구에 차를 세우고 우리는 운동화를 장화로 바꿔 신고 산행에 들었다. 거친 산속은 피하고 길로만 다니지만 어린 딸도 새소리를 흉내 내고 온갖 풀잎을 따 모으며 땅속에 있는 개미, 벌레들과 놀이를 한다. 때론 정글 숲 노래를 부르며 제법 우거진 산을 헤치고도 다닌다. 졸졸 흐르는 물가에서 도시락으로 싸간 유부초밥과 과일을 먹고 청주로 돌아와 농수산물시장엘 들렀다.

많은 차들 때문에 오랜 정차 끝에 시장으로 들어와 우리도 커다란 수박 하나를 샀다. 마트로 들어와

이것저것 아이와 같이 먹을 간식을 사서 계산대 앞에 줄을 섰다. 그때 아주머니 한 분이 지갑을 열며 "백 원짜리 한 개가 없네?" 하며 난처해하다가 큰돈을 꺼내시려는 것 같아 얼른 지갑에서 동전을 하나 꺼내 드렸다. 처음엔 무척 놀라며 사양을 하기에 요즘엔 길거리에 떨어져 있어도 잘 줍지 않는다며 건네 드렸다. 무척 고마워하며 당황해 하는 모습을 보니 나는 기분이 좋았다. 아주머니가 가시고 내 차례가 되었다. 이번에는 계산원이 봉투를 그냥 드리고 싶다며 큰 봉투를 하나 꺼내주었다. 아이에게는 친절하게 카드 사인도 해보라고 한다. 줄을 서 있던 다른 사람들까지도 이 광경을 보고 흐뭇해하며 바라본다.

요즘 백 원으로 무엇을 살 수 있을까. 하지만 그 작은 동전 한 개가 여러 사람을 즐겁게 했다. 이 세상에는 아름다운 사람들이 참 많다는 것도 알겠다. 내 마음이 깨끗한 세상 안에서는 모든 것이 깨끗하고 아름답다. 내가 보는 세상은 내가 만든 것이라고 하였던가. 아이도 남편도 옆에서 지켜보며 특별한 경험은 한 것 같다. 오늘도 멋진 하루를 보내게 해주셔서 감사합니다.

텔레비전

십일 개월 된 아이가 기어서 리모컨을 찾으러 다닌다. 남편은 퇴근하고 오면 오자마자 켜고 밤새보다 잠깐 끄고 잔다. 잠에서 깨면 곧바로 TV를 켠다. 출근하면서 끄고 간다. 여러 차례 싸웠지만, 효과가 없다. 텔레비전을 끄면 곧바로 컴퓨터를 켠다. 하루는 점심 국수를 삶는데 양념장 만들어야지 국수 삶아야지 국물 준비해야지 정신없는데 아이까지 운다. “애기 좀 봐!”라고 소리쳤더니 아이를 업고 컴퓨터를 한다. 기가 차서 사진을 찍어 놨다.

결혼하기 전 남편의 생활을 들여다보자. 혼자 사는 집에 퇴근하고 들어오면 텔레비전부터 켠다. 옷을 갈아입고 씻는다. 밥을 먹고 밤새보다가 틀어놓고 잠을 잔다. 다음 날 출근하면서 끄고 간다. 텔레비전과 잠시 떨어져 있는 한가한 시간이 있긴 있었다. 직원들과 술 마시고 노래방 가고 뭘 하는지 거의 날을 새고 오는 날이다.

아이가 십이 개월 때 이사를 하게 되어 한 달 동안만 텔레비전 없이 살아보자고 남편에게 제안했다. 처음엔 깜짝 놀라더니 겨우 승낙했다. 기어 다니며 리모컨을 찾는 아이의 모습을 보고 충격을 받았었나 보다. 처음엔 눈으로 보기에도 딱한 증세를 보이기 시작했다. 불안해하고 가만히 있는 시간을 견딜 수 없어 하며 많이 힘들어했다. 그러던 언제부터인가 아침에 눈을 뜨면 텔레비전을 켜는 대신 누워서 장난을 치기 시작했다. 셋이서 웃고 떠들고 놀다가 나는 아침을 차리러 나오면 둘이서 논다.

아이와 노는 모습을 보고 설거지를 하며 기뻐서 눈물을 흘린 적이 있다. 세상사는 묘미가 이렇게 있었던 것이다.

아이가 일곱 살이다. 텔레비전이 없는 6년이란 세월이 흘렀다. 어느 날 베란다 창가에서 길가는 사람들을 바라보며 한동안 생각에 잠겨있던 남편이 말했다. "텔레비전만 보며 살아왔던 지나온 세월이 너무도 안타까워" 이렇게 평화롭고 조용한 시간을 느낄 수 있어서 너무 좋단다. 값진 순간이었다. 지금은 아이도 아빠도 꼭 필요한 시간 외에는 컴퓨터도 한 시간씩밖에 하지 못한다. 틈나면 책을 읽고 명상을 한다. 덕분에 우리 아이는 네 살 때부터 책을 읽었다. 지금도 새벽에 일어나면 책부터 읽는다. 텔레비전이 없는 우리 가족의 삶은 이렇게 변해 있었다.

딸 셋이 있는 이웃집에 놀러 갔다. 이사 온 지 얼마 되지 않아 짐 정리가 안 되어 있기에 내가 말했다. "이참에 텔레비전을 없애" 처음부터 버리는 건 무리라며 그 무겁고 큰 것을 집안 구석에 겨우 감춰놓고 왔었다. 한동안 만날 수가 없다가 어느 날 차 한잔하러 오라고 전화가 왔기에 가보았다. 거실에 텔레비전이 없다. 완전히 없앴다며 들떠서 말했다. 처음엔 꺼냈다가 숨겼다가를 몇 번 하다가 크게 한번 싸우고 내다 버렸는데 몇 개월 뒤 큰딸이 반에서 일등을 했단다. 가족들이 텔레비전을 없애기 잘했다며 다들 기뻐했었다는 말을 듣고 나 또한 기분이 좋았다. 이날 그렇게도 달콤한 커피는 처음 마셔본 것 같다.

오직, 이 순간만 있다

미래는 없다. 오직, 현재만 있을 뿐이다. 과거 역시 되돌아갈 수 없으니 과거도 없다. 이 순간을 소중히 살지 않는다면 우리에게 참된 삶이란 없다.

아이를 유치원에 데려다 주는데 선생님께서 쌀을 씻고 있었다. 그 모습이 하도 아름다워 나도 모르게 "선생님! 이 순간이 얼마나 소중한지를 아셔야 해요."

학교가 방학에 들어가 급식을 하지 않는 관계로 종일반 유치원생들은 반찬만 싸서 간다. 그래서 선생님께서 밥을 지으려고 쌀을 씻고 있다. 맞다. 그 순간 선생님은 아이들의 엄마가 되어있었던 것이다.

다시 말을 이었다. "선생님! 방학이라 다른 선생님들은 다들 쉬는데 선생님은 쉬지도 못하고 서운하시지요?” 하자 빙긋이 웃으며 “아니에요” 한다. 참 미소가 예쁘다. 신께서 주신 가장 아름다운 선물, 그 미소였다.

“선생님! 저도 예전에 직장생활을 했었는데요, 그때는 왜 그렇게도 불만이 많았었는지 왜 그렇게도 직장이 아닌 다른 곳에 행복이, 나의 진짜 소중한 삶이 있으리라 생각을 했었는지 지금 너무 후회스러워요. 다시 예전으로 돌아가 그때의 직장에 나갈 수만 있다면 정말 소중하게 최선을 다해서 아름다운 순간을 살아갈 것 같아요. 그래서 지금은 아무리 하찮은 시간이라도 아주 소중하게 여긴답니다. 하다못해 청소하고 밥하는 일마저도 너무너무 소중하고 행복해요. 선생님과 애길 나누고 있는 지금 이 순간도요” 두 눈이 반짝반짝해진 선생님의 모습이 참 맑고 깨끗하다. 선생님께서 타주신 향기롭고 산뜻한 커피를 한 잔 마시고 유치원을 나왔다.

‘모든 아이의 선생님! 당신을 사랑합니다. 감사합니다.’ 나는 집으로 오면서 마음으로 한 번 더 인사를 했다. 길가에 피어있는 해바라기꽃, 달맞이꽃, 진분홍색 아주까리를 보며 꽃들에게도 인사를 나눈다.

횡단보도를 건너 구름다리를 지나 산책로에 들어섰다. 참새며 까치 그 밖에 이름 모를 새들이 소리 높여 지저귀고 있다. 이런 아름다운 삶을 살면서도 기쁨을 느끼지 못한다면 다른 어디에 내 삶이 따로 있고 행복이 있겠는가.

집으로 돌아와 청소를 하기 시작했다. 세탁기에 빨래를 돌리며 나는 누구인가. 청소를 하는 나는 무엇인가. 지금 이 순간 속에 삶에 비밀이 있다 하는데, 세수하고 간편한 복장으로 요가를 하러 갔다. 오늘도 열심히 살아야겠다는 생각을 하며, 요가가 끝나고 지인들과 차를 한잔 마시러 갔다. 그 중 한 명이 "벌써 팔월이네. 왜 이렇게 시간이 빨리 가죠? 엊그제 금요일이었는데 오늘 또 금요일이네. 시간이 너무 빨리 지나가."

순간, 나는 무아지경에 빠졌다. 엊그제도 그대로였고, 지금도 그대로다. 아주 오래전에도 그대로였고, 지금 이 순간에도 그대로이다. 어찌 된 일인지 내게는 한 번도 시간이나 세월이 지나가지 않았던 것처럼 그렇게 딱 한순간 속에 멈춰있었다.

뱀

뱀을 보면 사람들은 대부분 매우 놀라며 징그러운 듯 몸서리를 친다. 하지만 무엇이 잘못된 것일까. 뱀에게는 아무런 잘못이 없다.

오래전 직장을 그만두고 받은 퇴직금으로 강가에 집을 한 채 지었다. 동쪽 도로 건너편으로 작은 읍내가 있었고 서쪽으로는 금강 줄기가 흐르고 있는 곳이다. 아침이면 강가에 하얀 날개를 가진 두루미가 꿈꾸듯 서있고 그 위로는 백로가 날고 있었으며 주위엔 산이 높게 빙 둘러 있었다. 그곳에서 환상적인 꿈을 꾸며 전통찻집을 차렸는데 꿈은 현실과는 전혀 달랐다. 별명이 강아지 띠여서인지 가만히 집에 붙어 있지도 못하겠거니와 워낙 작은 고장이라 사람을 두고 장사를 할 만큼 손님이 썩 많지도 않았다. 그러던 차에 외국으로 나갈 일이 생겨 찻집을 차린 지 이년 여 만에 가게를 접고 집을 떠났다. 떠나면서 아주 특별한 부부에게 집을 내어주고 갔었다. 두 사람 다 그림을 그리는 사람들이었다. 평범한 사람들과는 다른 예술을 하는 사람들이었기에 나는 더욱더 놀랬었다. 그 집 아저씨가 뱀에게 물렸다는 것이다. 집 앞 강둑에다 호박을 심으려고 땅을 파던 중 뱀에게 물렸다는데 아주 잔인하게 죽였다는 이야기를 들었다. 그 뒤로 부인은 돌계단에 넘어져 크게 다쳤다 하고 아주 독실한 종교인들이어서 나는 더 크게 충격을 받았다.

집을 지어 이사한 후 나는 산책을 즐겼었는데 어느 날 강둑을 거닐다 작은 뱀 한 마리를 만났다. 길한가운데 있기에 "안녕?" 하고 인사를 하며 말했다. "이렇게 길에 있다가 사람들을 만나면 위험하니까 어서 피하렴" 그렇게 뱀을 한번 만나고는 3년이 다 되도록 한 번도 본 적이 없었다. 아름다운 시골풍경이 있는 집이었는데 그런 내 집 근처에서 불상사가 있었다. 하지만 누구의 잘못인가.

그 사람들은 나에게 이렇게 말했었다. 뱀은 너무 징그럽고 소름이 끼칠 정도로 싫단다. 뱀은 사탄이라고. 그런 소리를 들었을 때 너무 놀랐다. 참으로 아름답고 특별한 사람들이라고 생각했었는데, 나는 지금도 그 일을 이해할 수가 없다.

며칠 전 남편을 따라 산속을 돌아다니다 뱀을 만났다. 나를 피하려고 바쁘게 달아난다. 나는 말했다. "너도 놀랐지? 나도 놀랐다." 한쪽으로 피한 뱀은 풀섶에 몸을 숨기고 나를 바라본다. 똬리를 틀고 고개를 갸웃거리며 바라보는데 참 눈망울이 맑다. "나 때문에 놀랐지? 미안해 그리고 나를 얼른 피해줘서 고마워 너에게 축복이 있기를 빌게 안녕~" 그리고 그 자리에서 빙 돌아 피해 나왔다. 사람들에게 이런 말을 하면 날 이해할까. 하지만 나는 안다. 뱀도 자신의 생명이 소중하다는 것을.

누구에겐가 이런 이야기를 들었다. 산속에서 동물들을 만나면 그들은 느낌으로 안단다. 상대방에게서 살기를 느끼면 공격을 한다는데 그들도 자신의 생명을 지켜야 할 권리가 있기 때문이 아닐까.

형상이야 어떻든 이 세상에 존재하는 모든 것들은 다 생명이 귀하다. 내 몸이 귀하고 내 생명이 소중하거든 그들의 생명도 지켜줘야 할 것이다.

세상이 아름다울 수 있는 것은 아무리 하찮은 미물 일지라도 저마다 나름대로 존재 이유가 있기 때문이다.

일곱 살 딸아이를 유치원에 데려다 주러 가는 길이다. 산책로에 잠자리가 날아다닌다. 아이가 하는 말이 "엄마! 내 마음이 깨끗하고 아름다우니까 잠자리가 하는 말이 들려" 한다. "뭐라고 하는데?"라고 물으니 "날 좀 잡지 말아줘!" 하더란다. 이 세상에 존재하는 모든 생명은 이렇듯 소중한 것이다.

지금

마흔이 넘어서 결혼을 했다. 생애 있어서 가장 큰 선물을 결혼한 달에 받았다. 아이가 생긴 것이다. 남편은 너무 늦은 나이에 우리가 만났으니 혹여라도 아이가 생기지 않거든 신혼처럼 둘이서만 재미있게 살자고 했었다.

사람들이 언제 키우고 노후대책은 언제 할 거냐고 했지만 나는 미리 걱정하지 않는다. 지금 이 순간이 정말 행복하고 소중하기 때문이다. 오늘 하루를 이렇듯 잘산다면 나의 평생은 최고의 나날이 될 것이다.

시집을 가지 않겠다고 결심을 했었다. 남들이 부러워하는 직장에서 하고 싶은 것은 다 해보았다. 젊은 나이에 흔하지 않던 자가용을 샀다. 취미생활로는 테니스를 즐겼고 등산은 몇 년에 걸쳐 전국 명산은 다

다녀본 듯하다. 판소리를 5년 정도 개인수업을 한 것 같고 지금은 할 수도 없는 대금, 단소, 절로 산으로 기인들을 만나러 다녔다. 이렇게 하고 싶은 것은 다 하고 살면서도 단 한 번도 삶에 만족을 해본 적이 없었다. 그때 당시 들리는 말에 의하면 내 삶의 여정이 고등학교 여학생들 사이에 우상이 되기도 하였다는 소문을 듣기까지 했다. 하지만 나는 항상 뭔가를 잃어버린 것처럼 갈증이 심해져만 갔다. 직장을 그만두고 외국으로 떠났다. 근 2년 동안 세상을 떠돌아다녔다. 그리고 돌아가시면서 남긴 친정엄마의 유언에 따라 결혼을 했다.

딸아이가 일곱 살이다. 내가 장난삼아 이렇게 말했다. 아니다. 나도 모르는 사이에 노후가 걱정이 되었나 보다. "가빈아! 대통령 한번 해봐라." 그러자 아이가 하는 말이 "엄마! 나는 대통령 싫어 자유롭고 지혜로운 사람이 될 거야" 한다. "돈 많이 벌어서 불쌍한 사람 많이 도와줄 거야." 나는 입을 다물고 말았다. 그러다 조금 뒤에 또 이렇게 말했다. "가빈아! 엄마 아빠가 돈을 많이 벌지 못하니까 네가 벌어서 학교에도 다녀야 한다." 하자 "나는 어린이인데 어린이가 어떻게 돈을 벌어” 한다. 나는 멋쩍게 웃다가 또 이렇게 말을 건넸다. “가빈이가 커서 청아 언니처럼 대학생이 되면 돈을 안 벌어도 대학 갈 수 있어.” “뭔데?” “공부를 잘하면 장학생이 되어서 공짜로 학교에 다닐 수 있어, 공부잘한다고 학교에서 돈을 많이 주거든.”, “그럼 공부를 잘해야 하겠네?” 한참을 생각하더니 “으응~ 알겠어” 한다. 얼마나 노후가 걱정되었으면 이런 웃기지도 않는 말을 하고 있나. 부끄럽다. 늦게 결혼한 것에 대해 후회를 해 본 적이 없지만, 왠지 아이에겐 미안하다.

얼마 전 국민연금에 전화한 적이 있다. 남편 앞으로 연금이 들어가는데 노후에 나오는 예상연금이 턱없이 부족해서 개인적으로 더 넣을 수 있는지를 물었다. 대답은 “없다”다. 내가 알기에는 공무원들이나 돈 많은 사람은 연금만으로도 노후대책이 충분한 걸로 알고 있다. 그런데 왜 일반 근로자는 안 되는 것일까. 이해할 수가 없다. 적게 버는 돈이나마 생활비를 아껴서라도 연금을 좀 더 넣겠다는데도 안 된단다.

유럽 여행 중에 들은 애기가 있다. 그곳 사람들은

세금을 아주 많이 내는데도 불만이 없단다. 복지시설로 노후대책이 아주 잘 되어 있다는 것이다. 힘들게 일해서 세금으로 다 주어도 돈을 모으려고 발버둥을 칠 필요가 없다는 것이다. 휴가철만 되면 도로에는 캠핑카가 줄을 선다. 돈을 따로 많이 모아야 할 필요가 없어서 세금 내고 남은 여유가 있으면 휴가비용 내지 여가비용으로 쓴단다. 그들의 여유 있는 삶의 태도에서 많은 부러움을 느낀 적이 있었다.

우리나라 정부에 원한다. 세금을 많이 걷어도 좋으니 제발 늙어서 따로 먹고 살기 위해 발버둥치지 않도록 해주면 안 되겠는지, 한살이라도 젊어서 일할 수 있을 때 적게 먹고 적게 쓰고 세금을 더 낼 터이니 공무원과 같이 노후대책을 따로 세우지 않도록 복지사업에 많은 투자를 해주시면 안 되겠는지, 풍요롭지는 않아도 좋으니 노후를 마음 편하게 쉴 수 있도록 해주면 좋을 듯싶다.

나는 꿈을 꾼다. 남편의 말처럼 아이를 다 키우고 나면 백발이 되어 두 손 꼭 잡고 여행을 하는 것도 좋다. 하지만 나는 삶의 여행에 지쳤다. 지금, 하루하루를 소중하게 사는 이 생활에서 최고의 행복을 느낀다. 더 원하는 것도 없다. 아이와 남편이 건강하니 좋고 주부로 살면서도 늘 바쁘다. 남편에게 말했다. "우리 산으로 가자." 산을 좋아하는 우리는 노후에 산으로 갈 것 같다. 많은 돈이 필요치 않으리라. 자연의 풍요로움 속에서 삶의 휴식을 즐길 것이다. 마음의 고향, 영혼의 고향으로 돌아갈 것이다.

아이가 "엄마 지금은 엄마가 나를 보살피니까 내가 엄마처럼 크면 내가 엄마를 보살펴 줄게"
헉! 이보다 더 확실한 노후보장이 없다.

삶에 비밀

이른 아침이다. 일곱 살 아이가 잠에서 깨어 혼자서 놀고 있다. 뭔가를 중얼거리며 열심히 노는데 놀이 삼매에 빠진 것 같다. 엄마가 명상하거나 책을 읽을 때에는 절대 말을 걸지 말아 달라고 경고를 했었다. 그래서인지 일어나 조용히 놀고 있는 것이다. 평소에는 잠에서 깨면 바로 책부터 읽더니 오늘 아침에는 어쩐 일로 놀이에 빠져있다. 아기 때는 잠에서 깨어나면 안아주고 뽀뽀하고 뒹굴며 놀아줬는데 이제는 안 놀아 준다. 그리고 방해하지 말아 달라고 부탁하고, 사정해도 말을 안 들어 강력하게 절대 방해 금지령을 내렸다.

아침에 명상하거나 책을 읽는 모습을 아이에게 보

이고 싶어서 일부러 더 그랬다. 어떤 때는 명상자세에서 손가락 모습이 틀렸다고 바로잡아주기도 한다. 이만하면 교육 효과는 만점이다.

　임신사실을 알고 병원에서 초음파를 찍었는데 사진 한 장을 준다. 사진 속에는 까만 점하나 있었다. 아기란다. 놀라움과 기쁨을 감출 수가 없었다. 그랬다! 분명 남편과 나 둘밖에 없었는데 가족이 셋으로 늘어났다. 생각만 해도 신기하고 또 신기했다. 아이가 태어나 커서 저 혼자 놀고 있으니 신비롭다. 없던 아이가 생긴 것이다.
　생명이란 신비스럽고 경이롭기까지 하다. 이렇듯 소중한 자신들을 잊지 말고 살아보자. 세상 만물도 이처럼 생겨났다 없어지곤 한다. 한번 생겨난 것은 언젠가는 사라져 없어진다. 오직 끝없는 생멸만이 변함없이 이어지는 것이다. 마음속의 생각도 일었다 스러지기를 끊임없이 하는데 생명의 순환 속에서 오직 변화하는 것만이 영원히 변치 않는 것이다. 이 몸 또한 언젠가는 사라질 것이다. 몸이 있기 전에는 어디 있었으며 어디로 가는 것일까.
　남편이 뒤늦게 일어나 아이랑 논다. 깔깔거리는 아

이의 웃음소리에 눈물이 날 정도로 행복하다. 우리는 무슨 인연으로 셋이 만난 것일까. 내 남편과 내 아이, 가슴이 시리도록 소중하다. 사랑하는 사람들에게서 나는 어떤 의미를 찾고 있을까. 풀리지 않는다. 삶의 의문, 삶에 비밀. 무얼 찾고자 하는가. 그냥 존재하는 것이다. 생겨났다가 사라지듯이 그냥 그렇게 사는 것이다. 바람같이 구름같이 그렇게 살다가 되돌아가는 것이다.

2부

미움도 벗어놓고

오직 변함없는 것 그것만이 신의 참사랑일 것이다. 그 사랑을 배우기 위해 나는 오늘도 많은 경험을 하고 있다. 받는 사랑이 아닌 참되게 주는 사랑을 배워야겠다.

굴비

　여섯 살 아이가 아침 식탁에서 이렇게 말하였다. 엄마 우리 앞으로 이런 거 먹지 말자. 바로 굴비였다. 어제저녁에 식탁 위에 올려놨던 굴비를 보고 "엄마 왜 이런 걸 먹어? 너무 불쌍하잖아." 하기에 "으응~이건 시골할머니가 우리 가빈이 먹이라고 주신 거라서" 얼버무리며 말했다. 그리고는 아침 밥상에 또 올려놨던 것이다. "그래 다시는 이런 거 먹지 말자" 하고 치웠다. 언젠가 해물탕집 앞을 지나가다가 수족관에 있는 낙지를 보고 "엄마 사람들은 왜 이런 걸 먹어? 살아 있잖아, 너무 불쌍해!" 라고 한다. 하지만 나는 어떻게 말해줘야 할지 모르겠다. 나도 즐겨 먹었던 음식 아닌가! 아이는 한없이 자애로운 마음을 가진 것인가. 아이 말처럼 저 불쌍한 것들을 단지 맛있는 음식으로만 보아야 할까.

　남편은 고기를 참 좋아했다. 처음으로 생전 해보지도 않던 생선을 다듬었을 때 느꼈던 그 충격이 지금도 잊혀지지 않는다. 시누이가 목우촌에 다니는 관계로 시댁을 가면 항상 냉동실에 고기가 가득 들어있었다. 가족들이 만나면 당연하게 고기를 먹는다. 고기를 먹어야만 대접하는 것 같고 대접받는 것 같은 요즘 시대다. 어느 날 택배가 왔는데 상자 속에 살코기가 가득 들어있었다. 시누이가 생각해서 고기를 보내온 것이다. 그것을 냉동고에 조금씩 덜어서 저장했을 때의 그 느낌들이 정말 싫었다. 도저히 먹을 수가 없어서 결국은 이웃집에 다 나눠주고 말았다.

　우리 가족은 부득이한 경우가 아니면 집에서는 고기를 먹지 않기로 했다. 처음에는 집에서 해먹는 것부터 조금씩 절제하기로 하고 사 먹는 것도 서서히 줄이기로 했다. 시대가 시대인 만큼 완전히 먹지 않을 수는 없다.

　어느 날 경전을 읽던 중 이런 대목이 있었다. 부처님께서는 보지 않고 듣지 않고 나를 위해 잡지 아니

하면 깨끗한 음식이라 하였다. 그 나라 환경 때문에 그렇게 말씀하셨다고 한다. 그 글을 읽고서야 조금은 마음이 편해진다. 하지만 살아있던 생명이 고통스럽게 죽는 모습을 생각한다면 어떻게 맛있게 먹을 수 있겠는가. 계율 때문에 못 먹는 고기인 것보다는 자비로움 때문에 먹지 않는다면 훨씬 좋을 것 같다.

탁한 음식을 먹는 사람과 맑고 깨끗한 음식을 먹는 사람은 분명 그 모습에서도 차이가 난다. 생활이 틀리고 생각과 느낌이 다르다. 그리고 그의 영혼이 다름을 본다. 맑고 깨끗한 영혼을 가진 사람들과 함께하고 싶다는 생각을 하며 음식으로 희생되는 모든 생명에게 고개 숙입니다.

"미안합니다. 용서하세요."

취나물

언제부터인지 우리는 남편이 쉬는 날에는 무조건 산에 간다. 등산이 아닌 야산을 돌아다니며 약초를 캔다. 취미생활이다.

결혼하기 전 남편의 취미는 낚시였다. 결혼하고 한동안은 같이 남편을 따라 낚시하러 다녔다. 살생을 좋아하지 않는 나로서는 도저히 마음이 편치 않은 일이었다. 친정아버지 역시 낚시를 좋아하셨다. 갈치낚시, 송어낚시, 재첩 잡기 등 많이도 다녔다. 지금도 한 가지 기억나는 것이 있다. 내가 첫 임신 때 절친했던 분들과 친정아버지, 남편, 이렇게 송어낚시를 갔다. 제철이어서인지 많은 고기를 잡았고, 근처 아저씨들이 회를 떠서 먹고 있었다. 옆에는 고기의 잘

린 머리와 뼈들이 널브러져 있었다. 아주머니들은 찌개를 끓이고. 참으로 생각하고 싶지 않은 일이지만, 이 글을 쓰는 이유가 있다. 아무리 취미생활이어도 살생은 절대 좋지 않다고 말하고 싶다. 사람들은 즐거워서 소리를 지르고 있었지만, 물고기들은 고통스럽게 생명을 잃고 있었던 것이다.

임신한 나로서는 정말 피해야 하는 일이었지만 단순한 취미생활로만 생각하자고 마음을 달랬다. 만난 지 얼마 되지 않는 남편과 친정아버지의 정 때문에 어쩔 수 없는 경험이 되어버렸다. 몇 개월 뒤 아이는 유산되었고 같이 낚시를 갔던 분들과는 의절이 되었다. 그리고 얼마 뒤 친정아버지도 갑자기 돌아가셨다.

지금은 다시 생긴 우리의 소중한 딸과 셋이서 산행을 한다. 낚시는 잊은 지 오래다. 남편이 산에 다니는 것을 좋아하게 되었기에 이 또한 축복이라 생각한다. 오늘은 아이가 유치원에 가고 없어 둘이서만 산에 갔다. 봄이라 제법 취나물이 보인다. 열심히 뜯으러 다녔다 가파른 언덕을 기어 다니며 뜯다가 이런 생각이 들었다 '이렇게 힘들게 뜯은 산나물을 어떻게 나눠 먹을 수 있을까.'라는 생각이 들었다. 남편한테 그런 생각을 말했더니 그 순간 남편은 '이 산나물을 뜯어서 누구랑 나눠 먹을까'라는 생각을 했단다. 나는 부끄러웠다. 남편이 참 착한 사람이란 생각이 든다. 축복이다.

남편을 만난 것에 감사드린다. 부자는 아니다. 많은 돈을 벌어다 주지는 못하지만, 영혼이 맑은 사람이라면 비전이 있다고 생각한다. 그의 선한 꿈을 알고 있기에 나는 남편을 사랑한다. '나의 거룩함이 세상을 축복한다'는 진리의 말을 생각하며 오늘도 멋진 하루를 보냈다.

사랑

자기 자신을 사랑한다는 것. 자기 자신을 소중하게 생각하는 사람이야말로 진정 사랑할 줄 아는 사람이다.

몸을 유독 사랑하는 사람이 있다. 무한한 사랑을 베풀 듯, 비싼 옷을 입어야 하고 명품가방을 들고 다녀야 한다. 비싼 보석으로 치장해야 하고 고급음식을 먹어야만 한다.

자신을 진정으로 사랑한다면 올바른 생각과 말과 행동으로 깨끗한 음식을 먹을 것이다. 편안한 옷을 입고 바른 생활을 한다면 이것이 진정 참사랑을 아는 사람이라 하지 않겠는가.

우리는 보통 육신이 자신이라 믿으며 산다. 하지만

내가 태어나기 전에는 어디에 있었으며 작은 점 하나로 생겨났다가 점점 자라서 지금의 이 몸을 갖게 되었다. 나이가 들면 늙고 병들어서 죽게 되는데 그럼 나는 또 어디 있는가. 나는 누구이며 무엇인가. 어찌 생각해보지 않을 수 있겠는가.

살면서 많은 생각을 하며 산다. 사람들은 무슨 생각들을 하며 살까. 남들보다 조금 더 맛있는 것을 먹고 조금 더 좋은 집에서 살기 위해 투쟁을 한다. 정신없이 산다. 그러다 죽음이 닥치면 정신을 잃는다. 자신이 누구인지 자신에게 주어졌던 시간은 어디 있었는지 흔적이 없다. 어둡고 두렵기만 하다. 왜일까. 단 한 번도 자신의 삶을 살아 본 적이 없기 때문이다. 오직 생각의 늪을 허우적거리며 자신이 밥을 먹으면 밥을 먹는지 똥을 싸면 똥을 싸는지 차를 마시면 차를 마시는지 모르고 먹고 싸고 마신다. 순간순간에도 오직 몸 밖의 다른 생각들 속에 있다. 몸과 생각이 한 번도 같이 살아 본적이 없다. 그래서 신께서는 아픈 것으로 자신을 바라보게 하신 것일까.

자신이 무엇을 하고 있는지를 분명하게 알고 행한다면 그리고 무엇을 느끼고 무엇을 생각하며 사는지를 살펴본다면 진정 자신의 참 자아를 엿볼 수 있을 것이다. 아침에 일어나면 '아! 내가 잠에서 깨어났구나 하고, 고요한 아침이라면 고요함에 머물며 고요함을 즐긴다. 일어나 화장실에 가면 가는 줄을 알고 밥을 먹으면 밥 먹는 줄을 알며, 맛을 느끼면 맛을 느끼는 그 존재가 무엇인지를 알고 매 순간순간을 점검하며 살아간다면 이때에야 비로소 자신의 삶을 건강하게 살려고 노력하고 있다고 말할 수 있으며, 진정으로 삶을 사랑하고 자신을 사랑한다 말할 수 있으리라.

별다른 것이 수행이 아니다. 별다른 것이 도에 머무는 게 아니다. 별다른 것이 신과 함께하는 삶이 아니다. 매 순간순간 속에서 자신을 분명히 알고 보고 행하는 것이 수행이고 도이며 신과 함께하는 삶이라 할 수 있을 것이다.

말이 많으면 실수가 있는 법. 남들도 다 알고 있는 사실에 대하여 너무 많은 말을 한 것 같다. 하지만 나는 분명 실수를 통해서 뭔가를 배울 수 있다고 생각한다. 그렇기에 이렇게 두려운 글을 쓰고 있는지도 모른다. 자신을 진심으로 사랑하기에 나는 나의 참 자아를 찾아 나선 것이다.

주부

주부라는 직업, 참 아름답지 아니한가. 다른 무엇하고도 바꿀 수 없는 소중한 존재, 내 아이를 날마다 돌볼 수가 있고 사랑하는 남편의 뒷바라지를 할 수가 있다. 그러면서도 취미생활을 즐길 수가 있다. 사람들을 만나 수다도 떨 수가 있다. 이 삶이 더욱 멋질 수가 있는 것은 틈틈이 책을 읽고 명상을 즐기며 여유 있게 차를 마실 수가 있다는 것이다. 나는 주부라는 직업이 참 좋다.

젊어서 오랫동안 직장생활을 해본 경험이 있기 때문이어서인지 지금 이 시간이 더없이 좋다. 많은 주부가 일을 하고 싶어 한다는 사실을 알았다. 시간에 쫓기며 정신없이 살아도 멋지게 차려입고 돈 벌러

다니는 사람들을 부러워한다. 하지만 그들의 속사정을 어찌 알겠는가. 그들 역시 우리 주부들을 부러워할지도 모르는 일이다. 어떤 일을 하느냐가 중요한 것이 아니라 내게 주어진 이 시간, 이 삶을 어떻게 바라보는지가 중요하다. 그 소중함을 어떻게 가치 있게 지켜나갈 수 있는지가 더 중요하지 않을까.

삶에는 특별하게 소중한 일이 따로 있지 않다. 태어남의 의미를 자각할 수가 있고, 가족, 형제, 그리고 이웃들과의 얽힌 인연의 뿌리를 알아 지혜롭게 그 얽힘을 풀어나갈 수 있다면, 어떤 위치에서 어떤 삶을 살아가든 그것은 분명 참된 삶이 될 수 있을 것이다.

현시대에는 어울리지 않는 이야기 같지만, 옛말에 '일없음을 즐기는 도인'이라 하였다. 요즘 사람들은 아무것도 하지 않으면 불안해하고 일없이 한가로운 것을 못 견디어 한다. 자신의 참 자아를 바라볼 좋은 기회인데도 말이다. 잘못된 생각만 하지 않는다면 마음에 물결이 일어나지 않을 것이다. 잔잔해진 마음의 수면 위로 분명 자신의 참모습이 보일 것이다. 그것은 진실로 아름답고, 경이로우며 신비스럽다.

　직장에서 돈을 벌어 멋지게 차려입고 멋진 차와 집에 사는 것도 좋겠지만, 사랑하는 가족들을 위해 밥상을 차리고 청소도 하며 틈틈이 자기 계발에 힘쓴다면 참 좋겠다. 너무 주부 예찬을 하였는지는 모르겠지만 나는 주부라는 것이 참 소중하고 행복한 직업이라고 생각한다.

내 아이는 일곱 살

"엄마! 지금이 아침이야 새벽이야?" "으응~ 지금이 일곱 시이니까 아침이네?" "그럼 이제 슬슬 일어나볼까?"하며 아이가 기지개를 켠다.

아기 때부터 지금까지 몇 번을 빼고는 꼭두새벽에 일어나서 괴롭다. 유치원에 들어가면 피곤해서 늦게 일어날 거라는 주위의 아기 엄마들 말만 믿고 있었는데 어림도 없는 소리다. 유치원 들어가서 한두 번 일곱 시 넘어서 일어나는 기적 같은 일이 있고는 도로 마찬가지이다.

아침마다 다른 아이들은 늦게 일어나서 힘들다는 엄마들이 있다. 하지만 난 괴롭다. "제발 가빈아! 일곱 시 정도에 일어나주면 안 될까? 엄마가 너무 힘들어서 그래. 아니면 일어나서 조용히 명상하든지 책을 읽어! 엄마 괴롭히지 말고." 이렇듯 몇 차례에 걸쳐 사정했다. 그러던 어느 날인가. 아이가 일어나야 할 시간인데 조용했다. 거실을 나가보니 책을 읽고 있는 것이 아닌가! 그때의 놀라움과 기쁨은 지금도 생각하면 빙긋이 웃음이 나온다. 그 뒤로도 가끔은 일어나서 책도 읽고 혼자서 놀기도 하지만 그래도 여전히 나의 고요한 아침의 시간을 방해한다.

오늘 아침 뭔가 살금살금 발걸음 소리는 들었는데 잊었다. 얼마 동안의 시간이 흐른 뒤 시계를 보니 일곱 시다. 시계를 바라보는 내 모습을 보고 아이가 일어나 내게 건네는 말이다. 소파 위에 누워서 엎치락 뒤치락 일곱 시만 되기를 기다리고 있었던 것이다. 내가 조용히 말했다. "가빈아! 억지로 잠자려 하지 말고 이왕이면 일어나서 조용히 책을 봐, 책 속에는 많은 보물이 있다는 거 알지? 책을 많이 읽으면 지혜로워진단다. 많은 것을 알 수가 있고 앞으로 살아가면서 아무리 어려운 일이 생겨도 지혜롭게 헤쳐나가는 길이 있어. 그럼 사는 것이 무척 행복하고 즐거울 거야." 아이는 알아들었다는 듯이 내 얼굴을 껴안고 뽀뽀를 해댄다. 그렇지만 돌아서면 아이는 그냥 보통아이다. 덕분에 나는 오늘 아침에 두어 시간의 명상을 끝내고 이 글을 쓴다.

글을 쓰는데 옆에 와서 하는 말 "엄마 내 덕분에 글 한 편 썼지?"한다. 참으로 축복받은 세상에서 내가 살고 있다. 감사하며 또다시 일상으로 돌아간다. 가빈아! 치카치카해, 가빈아! 밥 먹자, 가빈아! 옷 입어야지, 가빈아! 제발 이제는 알아서 좀 하면 안 될까. 이젠 네가 다 컸다고 했잖아! 가빈아! 시간 늦겠다! 가빈아 제발 서둘러 유치원 가야지~이

책 읽어주는 놀이방

경제학과 3학년인 대학생 조카가 인터뷰해달란다. 책을 왜 읽어야 하는지 그 중요성과 왜 어렸을 때부터 많은 책을 읽으면 좋은지를 말해달라고 했다. 본인이 고모의 영향을 무척 많이 받았기에 부탁을 하는 것이리라. 유아 때부터 책을 많이 읽어야 한다면서 책을 한 권 읽을 때마다 얼마씩 준다고 돈으로 유혹하면서까지 책을 읽게 하여줬다며 고마워한다.

딸아이가 네 살 때부터 짧은 동화책을 읽기 시작했는데 물론 천재는 아니다. 장난감을 사주지 않았고 텔레비전도 없었으며 기어 다닐 때부터 책을 가지고 놀았다. 찢기도 하고 입에 넣기도 하며 책 외엔 가지고 놀만 한 물건이 전혀 없었기 때문인 것 같다. 텔레비전이 없어서 다른 아이들보다 뒤떨어지면 안 된다고 가끔 남편이 컴퓨터로 인기프로그램인 뽀로로, 치로, 코코몽 등을 틀어주었다. 세 살 때는 저 혼자 컴퓨터를 켜고 들어가 마우스로 놀이방을 들어가 놀았다. 거의 한글게임을 즐기더니 스스로 한글을 터득하는 것이다. 내가 해주는 유일한 놀이 한 가지가 있었는데 길에 다니다가 간판이며 자동차에 붙어있는 글들을 읽어주었다. 한글에 관한 관심이 참 많다는 것을 알았다. 아니 그것이 아이에게는 유일한 놀이였던 것 같다. 시골 시댁에 가서는 텔레비전에 나오는 글들을 다 읽어서 할머니 할아버지가 놀라기도 하였다. 네 살 때의 일이었다.

나는 젊은 엄마들에게 주로 이런 이야기를 한다. 유일하게 아이에게 해주고 싶은 것이 두 가지가 있다. 오직 책 읽는 습관을 들여 주는 것과 여행을 많이 시켜주는 것이다. 옛말에 세 살 버릇 여든까지 간다고 하였는데 아기 때 책을 읽는 습관을 들여 준다면 그 습관이 여든까지 간다는 말이기도 하다. 그런 습관을 들이기 위해 나는 아이 앞에서 열심히 책을 읽었고 남편에게도 부탁했다. 무조건 아이가 보는 앞에서는 책 읽는 모습을 보여 달라고 했다. 단, 아이에게는 책을 읽으라고 강요하지는 않았다. 도서관에도 자주 놀러 갔는데 책을 읽지 않아도 좋았다. 지금 일곱 살이지만 거의 성공단계에 이르지 않았나 싶다. 여섯 살 때부터 틈만 나면 책을 집어 든다. 습관이 되어버린 것이다.

목욕탕에서 샤워를 시키는데 아이가 이런 말을 한다. "엄마 귀속에는 달팽이관이란 게 있어.", "오우 그런 것도 알아? 누가 알려줬어?" 라고 물으니 책에서 읽었단다. 나는 마음속으로 쾌재를 불렀다. 성공이닷!

사람들을 많이 만나다 보면 왠지 말과 행동이 남다른 사람이 있다. 책을 많이 읽고 있는 사람이라는 걸 금방 알겠다. 그의 행동은 참으로 지혜롭다는 것 또한 알 것이다. 인성도 잘 갖추어져 있음을 본다. 이렇듯 책 읽는 삶은 참으로 풍요롭고 넉넉하다. 늘 하는 얘기지만 우리가 옛 성인들을 직접 만날 수는 없지만, 책을 통해서는 언제든지 만날 수 있고 그분의 가르침 또한 언제든지 얻을 수가 있다.

얼마나 다행한 일인가. 또한, 어떤 훌륭한 사람이

평생을 연구하고 노력해서 얻어낸 사실을 우리는 한 권의 책을 통해 보고 아는 것이다. 감사하고 또 감사해야 할 일이다. 이렇듯 소중한 사실들을 안다면 우리는 많은 책을 읽어야겠다.

조카는 정부 보조를 받아 사업을 구상 중이란다. 아이들에게 책 읽어주는 사업을…….

사랑도 벗어놓고 미움도 벗어놓고

사랑하는 사람은 못 만나 괴롭고 미워하는 사람은 만나서 괴롭다고 했던가. 사랑도 벗어놓고 미움도 벗어놓고 평정을 찾으리라.

한동안 가족처럼 잘 지내던 사람들이 있었다. 남들이 시기하고 부러워할 정도로 가깝게 지냈고, 네 것 내 것 아낌없이 나눠주고 받을 수 있는 그런 형제 같은 사람들이라고 생각했다. 결국, 나만의 생각이었을까. 소중했던 다른 인연이 끊어지면서까지도 새로운 가족 같은 만남을 지키고 싶었는데 나만의 생각이었나 보다. 헛웃음이 절로 난다. 나에 어리석음이 확실하게 드러난 일이다. 삶에 있어서 또 하나의 배움이 되었으리라 싶다.

살아가면서 스스로 가장 복된 일은 무엇일까. 아마도 마음이 기쁨과 평화로 가득했을 때가 아니겠는가. 편안한 마음 그곳이 고향일 것이다. 그 안에서 기쁨이 있고 행복이 있다면 이 삶에 있어서 무엇을 더 욕심부릴까. 글을 쓰고 있는데 아이가 잠에서 깨어나 "엄마" 하고 부른다. "응?" "어제저녁에 엄마가 맨바닥에 누워 있기에 추울까 봐 내가 내 이불로 덮어줬어" 한다. "으응~ 고마워"하자 아이가 행복한 표정을 짓고 다시 잔다.

더는 무슨 생각이 필요할까. 태어남의 의미란 다른 것에 있지 않다. 경험 안에서 무엇을 느끼는지를 분명하게 아는 것 그 안에 어떤 진실이 있으며 비밀이 들어있는지를 알아가는 것이다. 몸을 벗어난 곳에 마음을 두지 말자. 내 옆에 아이가 있고 가족이 있다. 어느덧 번뇌로 가득 떠돌던 마음이 쉬어진다. 가족을 위해 아침을 준비해야겠다.

내가 사랑이라고 믿었던 사람들이 사랑이 아님을 알게 된 것은 그들의 잘못이 아니다. 오직 신의 참사랑 외에 다른 사랑은 없다 하지 않던가. 내가 그 사랑을 잘못 생각한 탓이다. 오직 변함없는 것 그것만이 신의 참사랑일 것이다. 그 사랑을 배우기 위해 나는 오늘도 많은 경험을 하고 있다. 받는 사랑이 아닌 참되게 주는 사랑을 배워야겠다.

꽃

꽃을 보았다.

꽃이 나를 보고 웃는다. 나도 꽃을 보고 웃었다.

내가 꽃을 보고 있는 걸까.

꽃이 나를 보고 있는 걸까.

나는 꽃이 되었다. 꽃은 내가 되었다.

나는 꽃을 보고 있었던 것이 아니다.

나를 보고 있었다.

남편의 출근

　밤 11시 남편이 출근 준비를 한다. 다들 자야 하는 시간, 안쓰럽다. 삼 교대 중 깊은 밤, 오늘 같은 날은 가족의 배웅도 받지 못한다. 다 같이 잠들었다가 알람이 울리면 잠든 아이와 내가 깰까 봐 불도 켜지 않고 뒤적뒤적 옷가지 등을 챙겨 입고 간다. 그나마 오늘은 내가 잠들지 않고 커피를 한잔 타준다. 잘 다녀오라고 배웅도 했다.

　결혼생활 7년째, 한 번도 싫은 표정, 싫은 말을 보고 듣지 못했다. 힘들고 짜증이 날 때도 있을 텐데 말이다. 착하고 성실한 사람이다. 하지만 세상은 착하고 성실한 사람이 살기에는 그리 만만치가 않다. 그동안 많이 미워했었다. 가슴이 시리다. 이제는 익

숙해진 환경 때문에 여유가 생겼다. 남편에 대한 믿음과 사랑이 생긴다. 남편에게 문자 메시지를 한통 보냈다.

"회사엔 잘 도착하셨나요? 애쓰시는 당신 덕분에 가빈이와 내가 얼마나 편안한지……. 늘~감사해요. 사랑해요(♥)"

고향에 갔었다. 무척이나 잘 나가던 내가 아니었던가. 즐겨 다니던 테니스 코트 장에 갔더니 날 가르치던 코치가 "이빨 빠진 호랑이 같아요" 한다. "내 이빨 어디로 갔지?" 내 처지가 그렇게도 안 좋아 보였던가. 집에 와서 생각해 보았다. 전에는 돈 많은 직장인이 었는지는 모르겠지만 무지 속에서 살았다. 자신의 존재가치도 모르고 늘 불만 속에서 꿈만 꾸며 살았다. 그런데 지금, 남편과 아이가 있는 주부로 살고 있다. 평범한 생활 속에 삶의 무한한 가치가 있음도 알았다. 그토록 오랜 세월 동안 풀리지 않았던 삶에 대한 의문도 풀었다. 혜안으로 바라보는 삶은 존재 그 자체가 신비다. 나는 지금 최선의 삶을 살고 있다.

한 생각 돌이키면 그대로가 천국이다. 남들이 생각

하는 부자는 아니지만, 사랑하는 가족이 있다. 행복하다. 작은 월급으로 아껴 쓰며 생활하는 묘미 또한 적지 않다. 시집을 가지 않겠다고 버티다가 늦은 나이에 결혼했지만 살림을 처음 시작하는 풋내기이다. 친구들은 벌써 딸을 시집보내네. 아들이 군대에 갔네 한다. 생활의 기반을 다 잡아놓고 해외여행을 다닌다고들 한다. 가끔은 내 처지가 이상하기도 하지만 나는 지금 신혼을 즐기고 있다. 시작이 조금 늦은 인생의 새내기이다.

아침 여덟 시 반, 남편이 퇴근한다. 손에 들려있는 까만 봉투 속에 아이스크림이 들어있다. 종종 과일도 사온다. 아이와 내가 먹을 군것질을 사온다. 자신의 부족한 용돈으로 사온다.

아이와 싸우며 소리 지르고 남편한테 투덜대지만 내 소중한 가족들은 안다. 엄마인 내가, 아내인 내가 그들을 얼마나 사랑하는지. 이 아침, 남편은 잠을 자야 한다. 오늘 밤 또 일하러 갈 것이다.

더덕

　　남편을 따라 산에 갔다. 팔 개월을 넘게 같이 다니던 사랑하는 사람들과의 목요일 산행을 잠시 중단하고 남편 쉬는 날에 맞춰 따라나섰다.

　　결혼 초에 남편과의 약속을 나는 지키고 있는 셈이다. 어떠한 일이 여러 가지가 겹쳐 선택해야 할 때 중요도의 첫 번째가 가족이어야 한다는 것이다. 그래서 내 일상 중에서 소중한 날인, 목요일의 산행이 두 번째로 밀려난 것이다. 사실 남편과의 애기는 끝났었다. 목요일 산행이 먼저 시작되었고 남편과의 산행, 약속은 나중에 결정된 것이기 때문에 목요일만큼은 남편 혼자서 산에 가기로 애기가 되어 있었던 것이다. 사랑하는 목요산행 팀들이 날 남편과 산에 갈 수 있게 한 것 같다. 뜨거운 여름 산행은 너무 힘들 것 같다며 두 달만 쉬자는 얘기가 나온 것이다. 개인적인 생각은 옳지 않다는 생각이지만 다른 여러 가지의 사유들도 있었기에 그렇게 하기로 했다. 어떠한 일이 있어도 그 산행은 멈추지 않고 계속 유지되어야만 한다는 게 나의 생각이다. 그래야만 그 모임이 더 깊은 우정과 사랑으로 이어질 수 있기 때문이다.

오늘도 남편과 산행에 나섰다. 길을 따라 걷다가 남편이 더덕 냄새가 난다며 길을 벗어나 숲 속으로 들어갔다. 난 깜짝 놀라 "왜! 길을 벗어나" 하고 소리치다가 오늘은 잘 다듬어진 길을 따라 걷는 목요일 산행이 아니라 남편을 따라 길 없이 산속을 헤집고 다녀야만 하는 그런 날이라는 걸 잠시 잊었던 것이다.

습관에 길들기가 이렇듯 쉬운 것이다. 참으로 두려운 것이 습관이란 생각이 든다. 우리는 얼마나 많은 오류를 범하는 습관들에 길들어 있는 것일까. 수억 겁년이 흐르는 동안 우리는 참 자아를 잃어버릴 만큼 어떠한 습관들에 깊숙이 길들어 있는 것이다.

남편을 잃어버렸다. 길을 따라 너무 높이 올라와 버

린 것이다. 남편이 처음 들어섰던 방향으로 내려갔다. 내려가도 불러도 소리가 없자 전화를 했다. 처음 헤어졌을 때 들어섰던 근방에 있단다. 남편이 멀리서 보였다. 안심하고 그때야 바닥을 보는데 더덕 같은 것이 보였다. 잎을 뜯어서 냄새를 맡아 보니 더덕이다. 심봤다고 소리치면서 얼른 휴대폰을 꺼내 사진을 찍어 지인들에게 보냈다. 자랑하고 나서 뒤를 돌아보니 세상에! 더덕이 좌~악 깔렸었던 것이다. 너무도 좋아서 정신없이 캐고 그중에 아주 작은 것만 남겨놓았다. 얼마나 시간이 흘렀는지 그때야 또 남편이 생각났다. 불렀더니 대답이 없다. 전화했다. 남편의 휴대폰 소리가 근처에서 들린다. 내가 하는 행동을 지켜보며 웃고 있었다. 더 기가 막히는 것은 내가 더덕을 캔 자리는 남편이 이미 지나갔었고 아주 큰 더덕만 캐고 남겨둔 더덕들을 내가 다 캐 버린 것이다.

집에서 더덕 껍질을 벗기는데 냄새가 진동한다. 향기에 취하고, 맛에 취하고, 행복에 취하고 그렇게 하루도 지나갔다.

횡단보도 시리즈

아이가 여섯 살 때 유치원에 데려다 주는 길이었다. 산책로를 지나 횡단보도 앞에 섰다. 파란불로 바뀌자 아이의 손을 잡고 길을 건너려 하는데 자동차 한 대가 신호를 무시하고 획하고 지나갔다. 너무도 놀랜 나머지 저런 씨~하다가 얼른 입을 다물었다. 그때 아이가 말했다. "엄마! 씨 해도 괜찮아, 왜냐하면 호박씨도 있고, 포도씨도 있어." 한참을 웃다가 아이에게 일러주었다. "앞으로는 파란불이 켜져도 저런 나쁜 사람이 있으니까 꼭 살펴보고 건너야 한다!"

두 번째 다섯 살 때의 일이다. 문화센터에 가기 위해 집 앞 횡단보도 앞에 서 있었다. 아저씨 두 명이 있었는데 갑자기 한 명이 빨간불인데도 막 건너가고 있었다. 아이가 큰 소리로 말했다. "엄마! 저 아저씨는 왜 빨간불인데도 막 건너가?" 난 얼른 손가락으로 내 입술에 대고 쉬~ "저 아저씨는 바보라서 그래" 했다. 그러자 아이가 큰소리로 "으응 바보구나" 한다. 나는 놀라서 얼른 옆에 서 있던 아저씨를 바라보았다. 씨익 웃고 있었다.

세 번째는 일곱 살 때의 일이다. 그날도 유치원에 데려다 주려고 횡단보도 앞에 서 있는데 차 한 대가 우리 앞에 횡단보도를 쓱 지나 차를 멈춘다. 매연이 코로 쏟아져 들어온다. "아이고 냄새" 아이가 코를 막고 소리치더니 손가락으로 가리키며 "저 차 나쁜 차" 한다. 두 번째 차가 횡단보도 앞 흰 차선 앞에서 멈춘다. 아이가 또 손가락으로 저 차는 "착한 차," 세 번째 차가 횡단보도 앞 흰 차선을 넘어 횡단보도를 살짝 밟는다. 그러자 아이가 손가락으로 "착한 차 1번, 조금 나쁜 차 2번, 몹시 나쁜 차 3번" 하면서 번호를 매긴다. 평소에는 손가락으로 무얼 가리키면 하지 못하도록 말릴 법도 하지만 내버려두었다. 차 안에 앉아 있던 사람들은 아이가 손가락으로 자신들을 가리키며 말하고 있다는 것을 알았을 터이다. 속이 시원하다.

　네 번째, 그날도 문화센터를 가려고 횡단보도 앞 신호등에 서 있는데 날씬한 자전거 한 대가 횡단보도에 딱 선다. 파란불을 기다리고 있나 보다. 갑자기 담배를 꺼내 물고 불을 붙이는데 큰 소리로 아이가 "엄마! 담배는 몸에 해로운 거지? 그런데 왜 저 아저씨는 담배를 피워?" 나는 또 얼른 손가락으로 내 입술에 대며 쉬 쉬 한다. 아이의 눈치 보랴 담배 피우는 사람 눈치 보랴 날도 더운데 식은땀 난다.

이웃

  늦은 밤 갑자기 담배 냄새가 나더니 집안으로 가득 찬다. 며칠 전부터 종종 나는 냄새다. 이럴 때면 온 집안의 창문을 다 열어놓고 환기를 시켜야만 한다. 바로 아랫집이 새로 이사를 오고 나서 생긴 일이다.

  초인종이 울려서 나가 보았더니 아랫집에서 올라왔다. 너무 쿵쿵거려서 왔단다. 그날 아이랑 아빠랑 컴퓨터로 침대 위에 올라앉아 영화를 보고 있었다. 세 살 아이가 통통거리며 나오자 "아이가 삐쩍 말라가지고 이 집에서 뛰는 게 아니었네?" 한다. 큰 애들 두 명이 함께 뛰어노는 소리라며 너무 시끄러워 못 살겠다고 하더니 이사를 갔나 보다. 우리는 십일 층

꼭대기에 산다. 소음이 꼭 위층에서만 나는 게 아니라고 설명해줬다. 꼭대기 층에 살아보니 아래층과 옆집에서 나는 소리가 위층에서 나는 소리와 똑같다.

이사를 오기 전 약 열흘 동안은 공사한다고 그렇게도 힘들게 하더니 인사 한마디 없이 이사를 왔나 보다. 그리고는 담배 냄새가 나기 시작한다.

다음날 아래층으로 내려가 위층에 산다고 인사를 하고는 사정 이야기를 했다. 아기가 있어서 그러니 담배를 밖에서 좀 피워주시면 안 되겠냐고 그러자 그 남자 하는 말이 내 집에서 내 담배 피우는데 무슨 상관이냐고 법대로 하란다. 나는 아연실색을 하고 올라왔다. 얼마 동안의 생각 끝에 나는 뛰기 시작했다. 조심조심해도 지은 집이 오래돼서 시끄러운 데 있는 힘껏 쿵쿵거렸다. 얼마 후 초인종이 울렸다. 문을 열어주며 "어찌 그러십니까?" 하니 "왜 이러세요?" 한다 "내 집에서 내 맘대로 하는데 무슨 상관이세요? 법대로 하세요" 했다. 그러자 할 말을 잃고 서 있더니 그의 부인이 사과를 한다. 서로 사과 인사를 끝내고 나서보니 부인은 임신 중이다. 허 참! 기가 막혔다. 아무리 젊은 사람들이라고는 하지만 제 자식

귀한 줄도 모른단 말인가.

　우리 집 일만은 아닌 듯하다. 아파트라는 공동체 생활 속에서 서로가 아주 조금씩만 양보한다면 좋을 것이다. 이웃을 사랑하라는 예수님 말씀이 아니더라도 당장 내 아이가 있고 내 가족이 살고 있다.

책

아름다움과 더불어 살며, 아름답게 살고, 아름다움
으로 인생의 기반으로 삼게 하소서!

얼마 전에 책을 한 권 읽었다. 남편이 도서관에 책
좀 반납해달라는 부탁을 받고 갔다. 평소의 습관처럼
신간 쪽을 바라보다가 이 책을 발견했다. 얼마나 보
고 싶었던 책이었는지 반가워 소리를 질렀다가 옆에
있던 사람들이 깜짝 놀라는 바람에 미안해서 서둘러
빌려서 나왔다.

언제부터인가 나는 이런 말을 자주 한다. 물건이
나를 선택한다고. 오늘도 책이 나를 끌어당기고 나를
선택하였다. 옷이 나를 선택하고 집이, 자동차가, 사
람들이 나를 선택 한다. 사람들은 자신이 모든 걸 선

택하고 결정했다고 믿지만, 어느 것이 정답인지는 알
수가 없다.

1,700년 전에 고대인들이 사용했던 기도문이란다.
아름다움과 더불어 살며, 아름답게 살고, 아름다움
으로 인생의 기반으로 삼게 하소서! 참 아름다운 기
도문이다. 사람들이 날마다 이런 기도를 하며 살아간
다면 이 세상은 또 얼마나 아름다울까! 생각만 해도
가슴이 뜨거워진다. 절로 행복해진다.
사랑하는 사람들을 만나면 해주고 싶은 얘기가 많
다. 하지만 말에 재주가 없고 뜻이 같지 않아 얘기
로는 다 할 수가 없어 무조건 책을 권한다. 글을 써
낸 이들은 평생에 걸쳐 연구하고 노력을 해서 얻어
진 결과를 책으로 만들어 낸다. 그러면 우리는 단
한 권의 책 속에서 그 소중한 정보를 접할 수가 있
다. 얼마나 축복받은 일인가. 인연이 있어 그 책을
읽고 나와 같이 똑같은 기쁨을 느낄 수 있고 작은
깨달음이나마 얻을 수 있다면 얼마나 복된 일인가.
삶에 있어 책은 스승이자 벗이다. 우리가 이 시대
에서 옛 성현들이나 훌륭하신 스승들을 직접 만날
수는 없지만, 책을 통해서는 얼마든지 볼 수가 있고

가르침을 얻을 수 있다. 책을 통해 느꼈던 기쁨이나
환희는 가히 명상을 통해 얻었던 환희와도 같았다.
무지로 말미암은 어리석음이 조금씩 벗겨지고 삶의
지혜가 쌓인다.

　산 정상을 오르기 위해서는 쉬운 길도 있고 험한
길도 있다. 아름다운 길도 있고 잘못 들면 끝내 정상
을 오르지 못하는 길도 있다. 이처럼 책도 마찬가지
이다. 잘 가려 읽어 아름답고 올바른 길을 선택할 수
있으면 좋을 것이다. 읽고 싶었던 책을 우연히 만난
것처럼, 그 책이 날 만나기 위해 존재했던 것처럼 나
또한 그렇게 쓸모 있고 반가운 사람이 되어 사랑하
는 이들에게 아름다운 사람으로 기억되고 싶다.

3부

사랑만 하면서 살아도

너무도 짧고 귀중한 인생이다. 하물며 자신을 점검하며 공부를 하고 정진을 하여도 부족한 시간을 텔레비전을 보거나 수다를 떨며 산다. 게으름과 헛된 생각과 말로 날마다 하루를 보낸다. 그런 삶이 결코 헛되다는 생각조차도 없다.

매 순간 신과 하는 삶

수도원에 매일 나무를 하며 불을 지피는 신부님이 계셨다 한다. 미사 시간에 참석하지 않고 기도시간에도 참석하지 않으셨단다. 오직 궂은 일만 묵묵히 하셨다고 한다. 다른 신부님들이 왜! 신부님은 미사도 올리지 않고 기도도 하지 않으시냐고 물었다 한다.

그러자 신부님 "나는 매 순간 신과 함께 있습니다."

나에게 스님 친구가 한 명 있다. 가끔, 아주 가끔 전화가 온다. 여기는 어디야! 그리고 소식이 끊긴다. 잊을만하면 또 전화하겠지.

전화가 왔다. 또 여기는 어디야! 경치가 어쩌고저쩌고한다. 전화를 끊자마자 문자메시지를 보냈다. '매 순간 자신을 점검하는 삶을 사시길' 그 뒤로 아주 연락이 끊겼다. 왜! 전화했었을까. 외로움 때문이 었을까. 그리움 때문이었을까.

한 사람은 직업이 전도사다. 전화할 때마다 하나님 이야기를 한다. 하나님 이야기에 귀 기울일 시간이 없다고 먹고사는 것도 힘들다고 하자 연락이 없다가 이번엔 문자메시지가 온다. 하나님이 어쩌고저쩌고 그래서 또 이렇게 문자 메시지를 보냈다. "순간순간 신과 함께하는 삶 되세요." 그리고 연락이 끊겼다. 매 순간 자신을 점검하며 사느라고 바쁜가 보다.

우리는 매 순간 자신을 점검하는 삶을 통해 뭔가 를 찾고 배워야 한다고 생각한다. 죽는 날까지 배우 며 사는 게 인생이지 싶다. 오직 이 순간만이 존재하 는 유일한 시간이라 하였다.
매 순간 신과 함께하는 삶 되소서!

사랑만 하면서 살아도

너무도 짧고 귀중한 인생이다. 하물며 자신을 점검하며 공부를 하고 정진을 하여도 부족한 시간을 텔레비전을 보거나 수다를 떨며 산다. 게으름과 헛된 생각과 말로 날마다 하루를 보낸다. 그런 삶이 결코 헛되다는 생각조차도 없다.

최근 들어서 나는 사람들 속에 섞이지 못하고 있음을 알았다. 차라리 혼자 있는 시간이 더 났다고 생각하는 것 같다. 한때는 외로움에 지쳐 많은 사람을 만나고 싶다는 생각도 했었다. 바쁘게 사는 것이 잘사는 것으로 생각하고 열심히 돌아다녔는데 또 생각이 바뀐다. 어떠한 삶이 더 나은 삶인지는 몰라도 사람들을 많이 만나면 만날수록 마음이 평화롭지 못했다.

혼자서 조용히 명상할 때 그 사실을 알 수 있다. 자신의 내면을 바라보고 그 깊이를 알 수 없는 심연으로 들어갈 때 그때야 비로소 내면의 소리가 들린다.

요즘 집중을 할 수가 없다. 사람들과 만나고 여러 가지 취미생활을 하다 보니 부딪치는 일들이 많다. 평범한 삶 속에서 절대 퇴보하지 않으리라 마음을 다지지만 시끄러운 생각들로 마음이 편하지 않다.

고요함 속에 참된 기쁨이 있음을 알기에 안타깝다. 사람들과의 얽힌 감정 때문에 번뇌 속에서 허우적대고 있는 자신을 자주 본다. 부끄럽다.

계속 이러지는 않으리라. 어쩌면 이러한 번뇌마저도 참사랑 안에서는 축복이 될 수 있고 그의 영혼이 승화될 수 있는 계기가 되지 않을까. 오랜 경험을 통해 보았다. 노력하는 자는 헛됨이 없다는 것을. '진리를 보려 하는 자는 절대로 실패하지 않는다'고 했다.

깊은 밤, 번뇌로 미친 듯이 떠돌던 생각이 잠시 멈칫한다. 얼른 펜을 들어 글을 쓴다. 좋은 것과 싫은 것에 분별심이 없었다면 번뇌로 때문에 마음 상하지 않았을 터이다. 마음이 평정에 머물러 있었다면 번뇌가 아닌 평화로운 마음으로 이 시간을 즐기고 있을

터이다. 공부하는 사람이 가장 조심해야 할 일이 있
다면 그것은 분별하고 판단하는 마음이다. 분별하게
되면 선과 악이 생기고 판단하는 순간 진리에 어긋
난다. 참사랑 외에 다른 사랑은 없다 하였으니 좋은
것과 싫은 것에 마음을 두지 말고 오직 평정에 머물
기를 힘써본다.

산행

　햇빛이 쨍하고 숨이 턱 막힐 것만 같은 여름, 오늘도 남편이 산에 갈 준비를 한다. 차마 나에게 가자는 말은 못하고 주섬주섬 챙긴다. 나도 따라나선다. 놀라는 표정으로 보더니 간식 좀 챙기란다. 불만스럽게 살 빼야 하니까 그냥 가자고 했다. 생수만 두 병 챙겼다. 고행을 떠났다.

　여름 산은 먹잘 것이 없다. 취나물도 없고 열매도 버섯도 없다. 왜 가는지 모르겠다. 하지만 무조건 쉬는 날은 같이 있기로 약속한 이상 따라나섰다.
　경사가 심해 네 발로 기어 다닌다. 가시에 찔리고 마른 나뭇가지에 얻어맞았다. 왜 이런 고생을 사서 하는지 생각해 보았지만 모르겠다. 그러다 남편을 잃

어버렸다. 갑자기 무서운 생각이 들었다. '무.섭.다.'
왜 무서운 걸까. 산이 그리 깊지도 않고 짐승이 있는
것도 아니다.

  산 정적의 깊이만큼이나 모든 생각과 동작을 잊고
내면 깊이깊이 들어갔다. 갑자기 이유도 없이 눈물이
쏟아진다. 기쁨과 환희가 솟아오른다. 이 모든 경험
에 감사하는 마음이 생긴다.

  아주 오래전, 나는 산을 좋아했었다. 이름 있는 산
이란 산은 다 올라갔다. 멋진 등산복을 입고 비싼 장
비를 갖추고 제주도 한라산에서부터 강원도 설악산
까지 지도에 나와 있는 산이란 산은 다 차례차례 쉬
는 날이면 어김없이 친구랑 3년을 다녔다. 더는 가
볼 곳이 없을 정도로 말이다. 그리고 친구가 시집을
가버리고 혼자 남게 되었다. 이번엔 등산이 아닌 그
냥 산에 쫓아다녔다. 봄에는 고사리를 뜯고 두릅을
따고 여름엔 계곡에 놀러 다니고 가을엔 오미자며
으름, 다래, 송이버섯을 따러 다녔다. 그러다 같이
갈 사람이 없으면 혼자서 갔다. 무서워서 벌벌 떨면
서도 산을 쫓아 다녔다. 그때에 내가 소원 하나를 빌
었었다. 산을 평생 같이 다닐 수 있는 사람을 만나게

해달라고.

　세월이 흘러 환경이 바뀌고 생각도 달라지고 그토록 좋아했던 산도 잊고 있었다. 이십여 년이 지난 지금 남편이 산을 좋아한다. 그냥 좋아하는 것이 아니라 무척 좋아한다. 오늘도 한여름 뙤약볕에 아무것도 없는 산엘 가잖다. 이 얼마나 기가 찰 노릇인가. 그토록 간절히 빌었던 소원이 이루어져 있었던 것이다. 이십여 년 전 내가 했던 행동을 그대로 남편이 재현하고 있다. 세상에 얼마나 산에 가고 싶었으면 비 오는 날 비옷 입고 가잔다. 내가 그 심정을 몰라주면 누가 알아주겠는가. 앞으로는 투덜거리지 말고 따라다녀야겠다. 자기야! 하고 불러보았다. 바로 근처에 있었다. 절대로 내 곁을 멀리 떨어져 있지 않는다는 것을 나는 안다. 사랑합니다. 감사합니다.

시크릿(책에 대하여)

　　나는 사람들에게 종종 책을 권한다. 좀 더 가까워
지면 시크릿(지은이: 론다 번)이라는 책을 권해본다.
그러면 두 가지의 반응을 보게 된다. 허황 된다며 아
주 좋지 않은 감정을 보이는 사람과 뭔가 생각지도
못한 깨달음을 얻는 등을 본다. 책은 아무런 문제가
없다. 책을 읽고 느낀 사람이 저마다 다른 것이다.
지금도 가끔 시크릿이 라는 책을 권한다.

　　나는 자신에 대해 궁금한 것이 너무 많았다. 이 종
교 저 종교 다녀도 보고 종교에 관한 책이란 책은
무조건 읽어 보았다. 고뇌 속에서 내가 경험 수 있는
일이면 다 해보았다. 급기야는 오랜 직장을 그만두고
간절한 꿈이었던 세계 배낭여행을 시작했다. 2년 정

도에 걸쳐 무작정 돌아다녔는데 정작 내 마음의 방황이 멈춘 곳은 바로 지금 이곳 평범한 주부생활에서이다. 마흔 넘어서 결혼을 했다. 결혼 초 남편이 했던 말이 생각난다. 아이가 생기지 않으면 둘이서만 재미있게 살자고 했다. 나이가 들어 아이가 생기지 않을 걸 미리 염려해서 내 마음을 편하게 해주려고 그랬던 것 같다. 하지만 결혼식을 올린 그달에 아이는 생겼다. 전혀 새로운 환경에 적응하기 위해 오랜 시간을 힘들게 지냈다. 많은 경험을 통해 조금씩 성장해 가고 있을 무렵 고등학생 조카가 내게 책을 선물하였다. 시크릿이었다. 단숨에 책을 읽었고 오랫동안 풀리지 않던 문제들이 한꺼번에 풀렸다.

시절 인연이라 했다. 그 책이 오랫동안 풍선 속에 갇혀있던 내 의식들을 터트려 주었다. 오랫동안 갇혀 있던 공기들은 아무리 바깥세상이 넓다고 말하여 주어도 그 세상을 상상도 할 수 없었던 것이다. 바늘 한 개가 톡 하고 터트려줬을 때에야 비로소 풍선 속 공기들은 알게 되었다. 밑도 끝도 없는 저 넓은 우주가 있었다는 것을.

이후로 명상을 집중적으로 하기 시작했고 열심히

책을 읽었다. 기적이 자주 일어나기 시작했다. 오랫동안 스승 만나기를 원했던 나는 책을 통해서 늘 스승을 만나고 벗을 만났다. 몸은 예전과 똑같은 세상에 있었지만 나는 분명 예전과는 다른 세상에서 살고 있다. 항상 기쁨과 평화가 있는 신비스럽고 경이로운 세상 안에 내가 있다. 끊임없이 노력하고 또 노력한다. 조금이라도 더 가까이 자신과 하나가 되기 위하여.

인연만 닿는다면 책 한 권이 온전하게 인생을 바꿔놓기도 한다.

분별심

요즘 정신이 시끄럽다. 한번 흐트러진 마음이 다시 평정을 되찾기까지는 많은 시간이 소요된다. 그동안은 생활도 흐트러진다. 엉망진창이 되어버린다. 한번 어긋난 생각은 여러 가지를 한꺼번에 흔들어 놓는데 심한 바람에 비까지 오는 격이다. 한 생각 돌이키면 아무 일도 아니련만 그 한 생각 돌이키기가 무척 어렵다. 생각이야 바꾸기 쉽다. 진정으로 느낌까지도 바꾸기가 어려운 것이다.

사노라면 만나고 싶지 않은 사람까지도 만나야 하는 게 인간관계이지 싶다. 싫으면 안 만나면 되지 뭘 그러냐고 하겠지만 그건 사랑하는 사람들까지도 만나지 않겠다는 전제하에서만 가능하다. 그래서 부처님께서는 싫은 것과 좋아하는 것에 분별심을 갖지 말라고 하셨나 보다. 사랑하는 사람은 못 만나서 미운 사람은 만나서 괴롭다는 말이다. 그래서 공부하는 사람이 제일 먼저 삼가야 하고 조심해야 하는 일이 분별하지 않고 판단하지 않는 것이리라. 평정심을 갖기가 이토록 어려웠기에 수행자의 길이 그렇게 특별했었나 보다. 하지만 나는 그들의 아주 특별한 세계를 안다. 이차원의 세계가 있고 삼차원의 세계가 있듯이 사차원이 있고 그 위로도 무수히 많은 차원으로의 세계가 있다는 것을 말이다.

같은 환경에 처해 있어도 누군가는 축복을 느끼며 사는 이가 있는가 하면 다른 누군가는 고통을 느낀다. 어떤 이는 비가 오면 마음이 편안하다하고 어떤 사람은 구질구질하고 짜증 난다고 한다. 흰 눈이 펑펑 쏟아지면 어떤 이는 두 팔을 벌려 축복을 느끼고 그 영혼을 아름답게 만드는데, 어떤 이는 길에 눈이 쌓여 더러워진다는 등 길이 미끄러워 사고가 날 것이라며 아주 탁한 세상을 만들어낸다. 눈에 보이는 세상은 아무런 잘못이 없다. 각자의 세상이 그렇게도 다르다. 자신의 처지만큼 천국과 지옥을 만들어 살아가는 것이다.

　인간은 모든 것을 볼 수 있다 한다. 꽃도 보고 사물을 보며 태양을 볼 수가 있는데 정작 자신은 보지 못한다. 신께서는 그것 자체가 된다 하였으니 지혜로운 자는 알 것이다.

　나의 어리석음이 부끄럽다. 하지만 난 노력할 것이다. 좋은 것과 싫어하는 것에 너무 집착하지 않으리라. 매 순간순간 마음을 점검하고 다스려 기쁨과 평화 속에서 머물러야겠다. 그리고 차별 없이 모든 것을 사랑해야지.

　내 안에 모든 것이 다 있다. 아이와 남편이 있고, 사랑하는 사람들이 있다, 아름다운 세상이 있고, 도가 있고, 수행처가 있고, 참사랑이 있다, 이곳이 바로 천국이다.

유괴

살아가면서 참으로 보는 것과 듣는 것을 조심해야 겠다고 다짐을 한다.

엊그제 일곱 살 딸아이와 마트에 갔다. 물건을 고르느라 정신없이 있다가 한참의 시간이 흐른 뒤에 옆에 아이가 없다는 것을 알았다. 처음에는 근처에 있겠거니 하고 소리 없이 찾다가 점점 다급해지기 시작했다. 소리 내어 아이를 부르다가 이젠 정신없이 돌아다니기 시작했다. 급기야는 직원들과 사람들을 붙잡고 묻기 시작했다. 그래도 아이가 보이지 않자 고객 센터로 쫓아갔다. 장황하게 설명을 하고 방송 좀 해달라고 했다. 다시 찾으러 나서는데 그때 어떤 직원이 아이를 한 명 데리고 왔다. 보고도 미처 알아보지 못하고 막 뛰어나가는데 큰 소리로 나를 불러

세웠다. 직원이 말했다 "이 아이 아니에요?" 한다. 다시 돌아보니 내 아이였다. 내 행동에 나도 놀라고 사람들도 놀랐다. 쏟아지는 눈물을 참고 아이만 매 좀 맞아야겠다고 혼냈다. 아이를 데리고 왔던 직원 하는 말이, 아이가 울먹이면서 엄마를 잃어버렸다고 방송 좀 해달라고 해서 데리고 왔다는 것이다. 그 말을 듣는 순간 얼마나 안심이 되던지 이젠 다 컸구나 싶어 아이를 힘껏 껴안았다.

유치원에서나 태권도 학원에서 생활에 필요한 좋은 교육을 많이 하는 걸로 알고 있다. 이렇게 체험을 하고 보니 너무도 감사하다. 올바른 교육이란 참 축복이지 싶다.

하지만 들어서는 안 될 말이라든지 보아서는 안 되는 일들이 있다. 아이를 잃어버렸을 때 내가 제일 먼저 상상했던 것은 유괴였다. 뉴스를 통해서건 소문을 통해서건 너무도 많은 유괴 애기를 들었고 그에 대한 두려움이 하도 커서 마음 깊이 새기고 있었던 것 같다. 사실 오천만 인구 중에 아니면 몇 십억 인구 중에 어쩌다 확률도 극히 드문 일 아닌가. 너무 자주 보고 듣고 있다. 세상이 온통 그렇게 나쁜 일만 일어나는 것처럼……

아이를 찾고 보니 별일도 아니다. 잠시 잠깐 엄청난 지옥을 경험했다. 그리고 다시, 세상은 천국으로 변해 있었다. 이 아름다운 세상에 아름다운 사람들이 얼마나 많이 있는가. 아름다운 일들은 또 얼마나 많은가. 제발 좋은 것만 보고 좋은 생각만 하며 좋은 말만 들을 수 있다면 얼마나 좋을까. 좋은 일이든 좋지 않은 일이든 모든 것에는 실체가 없고 환영일 뿐이겠지만 말이다.

옛날에 어떤 성인은 좋지 않은 말을 들었다 하여 깨끗한 물에 귀를 씻었다 하였는데 세상에 일어나는 좋지 않은 일들을 너무 쉽게 보고 듣고 이야기한다. 보는 것과 듣는 것을 좀 조심히 가렸으면 좋겠다.
사람들을 만날 때에도 가려서 만나면 좋지 않을까 싶다. 수다 속에서도 삶의 아름다움을 발견할 수 있다면 얼마나 좋을까. 도를 말하고 명상을 말하고 깨달음을 이야기할 수 있다면 얼마나 좋을까. 생명의 신비를 말하고 자신의 본질을 말하고 참사랑을 얘기하면 또 얼마나 좋을까. 참으로 보고 듣고 말하는 것을 조심 또 조심해야 한다는 것을 절실하게 느끼는 하루였다.

산책

산책로에 있는 의자에 앉아 이 글을 쓴다. 금방 헤어진 사람들은 평소에 자주 만나서 수다를 떨던 사람들이다. 일이 있어서 먼저 간다고 헤어졌다.

날마다 그랬듯이 차와 간식을 먹고 공원 정자에 앉아서 재밌게 놀다가 한 사람이 먼저 가고 네 명이 남았다. 얼마 있다가 영화이야기가 나온다. 누구를 죽이고 복수를 하는 그런 애기다. 곧이어 텔레비전 연속극 이야기가 시작되었다. 추적자에 관한 이야기다. 세 사람은 열광하고 끝이 없다. 끼어들 수도 없는 나는 참다 참다 일어섰다. 그리고 산책로 길을 따라 혼자서 홀가분하게 걸었다. 살구나무가 우거져 시원한 그늘 가엔 빨간 장미꽃이 길게 늘어져 있고 천

변엔 가득 개망초 꽃과 온갖 풀들이 어우러져 환상
적이다. 은행 일을 잠깐 보고 돌아오는 길에 또 산책
로를 선택했다. 길 언덕에 할아버지가 몸이 불편하신
듯한데 살구를 주우시려고 위험하게 서 있다. 얼른
몇 개를 주웠다. 의자에 앉아 아무 말 없이 받아들던
할아버지의 웃는 눈빛이 참 맑다. 인사를 하고 돌아
서며 행복을 느낀다. 갑자기 더운 날 조금이라도 더
벌겠다고 근무시간도 아닌데 일찍 출근한 남편이 생
각났다. 가슴이 찡하고 눈물이 난다. 의자에 앉아 사
랑한다고 감사하다고 메시지를 한 통 보내고 이 글
을 쓰기 시작했다.

나는 왜 그들의 수다를 참아내지 못한 걸까. 내 행
동이 좋지는 않다. 한번 만나고 말 사람들도 아닌데
만날 때마다 불편하다. 마음속 평화가 깨지고 온갖
생각에 머리가 아프다. 그때 갑자기 나무 위가 시끄
럽다. 한참을 지켜보았는데 이름도 모를 작은 새 두
마리와 까치 두 마리가 싸움이 벌어졌다. 작은 새 두
마리는 계속 까치를 향해 지져 댔고 까치는 쪼아가
며 공격을 한다. '으잉? 저들도 싸우네?' 무엇 때문인
지는 모르겠지만 살벌하게 싸운다. 내 어찌 그들을

알 수 있을까. 내가 사는 세상일도 다 이해 못 하겠는데 나 자신도 이해할 수가 없는데. 생각에 늪에 한 번 빠지면 헤어나기가 쉽지 않다. 결과 또한 좋지 않다. 그냥 놓아버리자. 정신을 차리고 보니 유모차에 태운 아기와 할머니가 재미있게 말놀이를 하며 지나간다. 천변엔 나비며 꽃들, 나무엔 또 다른 새들이 놀고 있다. 사람들은 둘씩 셋씩 짝을 지어 수다를 떨며 지나가고 나는 마음 챙김을 한다. 호흡에 집중했다. 몸과 마음의 자유를 한껏 느끼고 모든 잡생각을 훌훌 털어버리며 집으로 돌아왔다. 조금 있으면 아이와 남편이 돌아올 것이다. 편히 쉴 수 있는 둥지를 만들어 놓아야지.

반딧불이 축제

누구를 위한 축제인가. 반딧불이 축제를 갔다. 인터넷으로 시작 시각을 확인하고 아침 일찍 출발했다. 아이에게 축제 외에 시골풍경이랑 많은 걸 보여주고 싶었다. 오랜만의 가족 나들이다.

너무 일찍 도착해서인지 행사장은 텅 비어 있었다. 주차장이 안 보여 아무 데나 차를 세우니까 어떤 남자가 오토바이를 타고 와서 주차장으로 안내를 해주었다. 주차를 해놓고 시골의 작은 마을에 대한 환상 속에서 얼쩡거렸다. 아저씨 한 사람이 계속 따라다니며 안내를 해준다. 아이한테도 잘하고 해서 그 사람이 소개해준 집에다 전과 막걸리를 시켜 남편이랑 대접을 해주었다. 조랑말에 정신이 팔려있는 아이는 정말로 좋아 어쩔 줄을 모른다. 회관에서 두부체험을 할 수 있다 하여 가보았다. 마을 부녀자들이 두부를 만들며 하는 말, 국산 콩이라 비싸다며 만지지도 못하게 한다. 파는 물건이라고……. 사들고 다닐 수는 없는 노릇이고 해서 집에 갈 때 사가자며 그냥 나왔다.

점심때가 되어 먹지 않겠다며 때 쓰는 아이를 데리고 이왕이면 마을 회관에서 점심을 사 먹자며 그곳으로 갔다. 몇 명의 남자들이 정신없이 먹고 있다. 부녀자들 역시 잔뜩 차려 놓고 그 비싸다는 두부도 가득 썰어놓고 손님은 본체도 하지 않고 먹고 있었다. 점심을 사 먹으러 왔다고 말씀 드렸더니 점심은 안 팔고 저녁만 판단다. 남편이 두부나 한번 맛 좀 보여 달라고 하자 돈 주고 사 먹으란다. 남편은 전과 막걸리를 마셨으니 배가 고픈 것이 아니었다. 더 화가 나는 건 두부를 좋아하지도 않았다. 다만 시골에서의 정취를 느끼고 싶은 것뿐이었는데 그 말을 듣는 순간 화가 났다. 바로 오고 싶었지만 아이 때문에 차마 오지도 못하고 방명록이 있는 안내소로 갔다. 맨 처음으로 써놓았던 주소를 사인펜으로 박박 지워버렸다.

지금 생각해보면 남편은 시골에 계시는 부모님이 생각났었던 같다. 그까짓 거 그렇게도 공짜로 뭘 맛

보고 싶었느냐며 신경질을 부렸더니 멋쩍게 웃으며 사람들이 돈독이 올랐단다, 그곳에서는 무조건 체험 한가지마다 돈을 주고 해야 했는데 축제는 다 돈 벌려고 하는 짓인가 보다. 이곳에서는 한 푼도 쓰지 말자며 버티다 개막식 하기 직전에 아이를 끌고 집으로 왔다. 집으로 오는 내내 울고불고 말 타고 싶어서 꿈속에서 얼마나 연습을 많이 했는데 그러냐며 아이는 그렇게 떼를 쓰고 운다. 어른들의 어리석음 때문에, 아니다. 나의 어리석음 때문에 우리 아이는 그렇게 하고 싶은 것도 못하고 상처만 받고 왔다. 오는 내내 오고 나서도 화가 났다. 무얼 얻자고 이런 경험을 해야 했는지 부끄러움과 분노를 참지 못하겠다.

다음날 군청 자유게시판에 글을 좀 올려볼까 하여 30분이 넘게 글을 써서 올렸다. 글이 어디론가 사라져버렸다. 처음부터 다시 글을 쓰기 시작했다. 이번에는 한글 문서에다가 글을 복사해서 올려놓고 인증까지 했는데도 글이 올라가지 않는다. 두어 번을 더 시도해보다가 이번엔 민원상담으로 들어갔다. 왜 자유게시판에 글이 올라가지 않는지, 마을회관 같은 데서 음식을 팔 수 있는지도 물었다. 세 시간이 걸렸다. 아이는 옆에서 점심밥 달라고 떼를 쓰다가 바닥에 엎드려 잠이 들었다. 아이를 깨워 밥을 먹이고 산책을 나섰다. 산책로에서 많은 생각을 했다. 내내 마음이 편하지가 않았다. 사람이 밥때가 되어 찾아가면 지나가는 개도 그렇게 내 쫓지는 않을 것이다. 왜 내 가족이 그런 수모를 당해야 했나. 세상이 그렇게도 변해버린 걸까.

두 딸아이를 데리고 구경 온 사람 중에 마음씨 좋게 생긴 애 엄마가 있어 아이들이 잘 놀기에 잠시 좀 맡겨놓고 남편과 걸었다. 강가의 길을 무작정 걷는데 산딸기밭이 나온다. 길가에까지 탐스럽게 열려 있었다. 남편이 다가간다. 나도 모르게 비명을 질렀다. "손대지 마!" 딸기 따던 사람들이 놀라서 바라본다. 남편 하는 말이 "안 만진다. 하도 색깔이 예뻐서 가까이 보려 했다" 한다. 그러자 내가 소리를 질렀다. "요즘 시골은 시골이 아니야!"
집으로 돌아와 다시 컴퓨터를 켰다. 민원으로 올렸던 글을 지워버렸다. 그리고 내 기억 속에서도 지워버렸다.

뗏목

　종교는 뗏목과도 같다고 했다. 강을 건너기 위해서는 뗏목을 타고 건너야 한다. 강을 건너고 나면 뗏목은 버려야만 한다. 다 건너고 나서도 뗏목이 내 것이라 하여 짊어지고 산을 오르려 한다면 얼마나 힘들겠는가.

　요즘 주위에서 종교 때문에 자유롭지 못한 사람들을 자주 본다. 나는 이렇게 생각한다. 종교는 나의 휴식처요 스승이라고. 종교를 통해서 깨달음을 얻고 영혼을 맑게 하여 몸과 마음을 깨끗이 하고 올바른 생활을 할 수 있다면 얼마나 좋을까. 하지만 종교 때문에 괴로워하고 시기 질투하며 투쟁하는 사람들을 주위에서 볼 때 참 안타깝다는 생각이 든다. 가르침을 받고 지혜로이 살고자 선택했을 종교 탓에 자유를 구속당하고 있는 것이다.

　내 종교, 네 종교를 떠나서 자신이 어떠한 종교를

선택했다면 참으로 복된 일일 것이다. 그 종교를 통해서 자신을 승화시킬 수 있다면 그것은 참으로 축복이 아니겠는가. 나 역시도 종교로부터 해방 된 지 얼마 되지 않은 듯싶다. 내가 해방이라고 표현한 이유는 내 종교만이 옳다고 우기지 않고 어떤 종교가 되었든 올바른 가르침이라면 다 받아들일 수 있게 되었다는 뜻이다. 한 나무뿌리에서 수많은 가지가 생기고, 잎이 생기고, 열매를 맺는다. 또한, 강을 건너기 위해서는 꼭 뗏목만 있지는 않을 터이다. 강을 건너는 방법은 수없이 많다.

부처님 말씀 중에는 어리석음이 三毒 안에 든다하였다. 세 가지 독(毒)은 貪,瞋,痴다. 그 첫 번째가 탐욕이요, 두 번째가 성냄이요, 세 번째가 어리석음이라 하였다. 우리는 각자 소중한 종교를 통해 지혜롭고 올바른 가르침을 얻는다면 참 좋을 것 같다. 그리하여 마음에 기쁨과 평화가 가득하다면 이곳이 곧 천국이 아니겠는가.
무엇으로 강을 건넜든 강을 다 건너고 나면 그 배는 다른 사람들도 건널 수 있도록 제자리에다 돌려 놓아야 한다고 생각한다.

양성평등

이젠 과거가 되어버린 이야기가 아닐까. 양성평등이란 말 자체가 시대에 뒤떨어진 느낌이 드는 건 왜일까. 젊은 아기 엄마들을 많이 만나고 또한 주부로서 하고 싶었던 것들을 하며 시간을 보내고 있다. 이런 내 일상이 잘못되었는지는 모르겠지만, 사회적으로 문제가 되리만큼 심각하진 않은 것 같다.

보통 남녀평등에 관한 얘기가 나오기 시작하면 대부분이 옛날에는 이랬는데 라는 말로 시작된다. 물론 지금도 남자가 아니어서 불이익을 당하는 예는 많이 있겠지만, 꼭 남녀차별 때문만은 아닌 것 같다. 더 능력이 없어서 불이익을 당한다든지 지혜롭지 못해서, 아니면 못생겨서, 아니면 가난해서, 그런 정도의 이야기가 아닐까.

젊은 엄마들을 만나면서 옛날 사람들이 겪었던 것처럼 여자라서 서럽다거나 시집살이를 심하게 한다거나 여자이기 때문에 싫다는 말을 거의 듣지 못했다. 간혹 예전에 이런 일이 있었는데 하면서 과거 이야기가 아니라면 남편, 자식, 시댁애기가 주류를 이룬다. 물론 여자이기 때문에 시댁 애기가 나오겠지만, 그것은 남녀평등의 문제는 아니다.

아이가 네 살 때 자주 놀이터를 놀러다녔다. 어느 날 아기 친구 엄마가 하는 말이 신랑이 청소한다고 잠시 나가 있으라고 해서 나왔다는 말에 부럽다는 등 수다를 떨었던 적이 있다. 전혀 이상하지 않는 광경이다. 우리는 모이면 가족 위주로 여행 갔다 온 이야기며 영화관, 가족끼리 회식 때 먹었던 맛있는 음식이야기 등을 나눈다. 이 또한 사회의 한 단면만 이야기한 것 같지만 이젠 양성평등의 이야기가 아닌 인간관계의 이야기일 뿐이라 생각한다. 직장인 부부들도 만나서 얘기를 해봤지만, 아이들 교육에 관해 걱정하고 시댁이나 친정문제로 다투거나, 가족끼리 많은 시간을 보내지 못하는 것에 대해 고민을 한다.

내가 아는 오십 대 아주머니 한 분은 사람들이 현 모양처라고 하며 놀린다. 나쁜 뜻은 아니고 요즘 시대에 남편한테 온갖 정성을 다한다는 것이다. 또한, 사십 대에 젊은 엄마는 대학생 한 명 고등학생 한 명 두 아이가 있는데 스마트폰을 가지고 다니며 수시로 가족과 통화를 하고 일명 카카오톡으로 대화를 나눈다. 취미생활로 요가도 하고 에어로빅도 하고 간혹 신랑이 퇴근하고 오면 맛있을 음식을 만들어준단다. 이 어찌 부럽지 않은가. 또 한 삼십 대의 애기 엄마는 아이가 셋인데 남편이 돈을 적게 벌어다 준다고 자기도 돈 벌러 다닌다고 여기저기 광고지를 보고 이력서를 낸다. 어떤 때는 취직이 되었다고 하다가 조금 있으면 힘들어서 그만두고 다른데 알아보고 있다는 애기를 종종 듣는다. 또한, 칠십 대 한 분은 검은색 소나타를 끌고 다니며 취미생활을 즐기시는데 젊은 사람들과 깊은 우정을 맺으며 같이 어울려도 조금도 어색함이 없다. 젊었을 때 많은 책을 읽으셨고 지금도 꾸준히 책을 즐겨 읽는데 참으로 아는 게 많으시고 조금도 시대에 뒤떨어지지 않으신다.

요가를 하다 보면 나이 드신 다른 아주머니들을

만난다. 거의 옛날이야기이다. 시집살이했던 이야기, 남편으로부터 사랑받지 못했던 이야기가 거의 다다. 어느 아주머니는 지금도 하루 세끼 밥을 다 차려줘야만 한단다. 뭐든지 자기밖에 모른다며 지금도 물을 떠다 받쳐야 한다는데 퇴직을 하여 직장에 나가는 것도 아니고 똑같은 처지인데도 하녀 부리 듯 한단다. 본인이 지혜롭지 못해 겪는 일이라고 하면 나 욕 먹겠지요?

나 역시도 시대적으로 여자로서 살기에 결코 만만하지 않는 세상 속에서 살았다. 하지만 하고 싶은 것, 먹고 싶은 것, 가고 싶은 곳, 다하며 살았다.

가난했던 탓에 학교를 졸업하고 바로 취직을 했고, 가난해서 배고파 먹을 것에 한이 맺혔던 나는 돈을 벌자마자 먹고 싶었던 음식 마음껏 사서 먹고 돌아다녔다. 운동과 여행, 특히 등산을 좋아했다. 운동으로는 테니스를 즐겨했고 우리나라 전국의 명산은 다 다녀보고 유명한 절이나 명승지 또한 거의 가보았다. 급기야는 사람들이 말하는 그 좋은 직장도 그만두고 오랫동안 꿈꾸어왔던 세계 배낭여행을 시작했다. 영어를 전혀 하지 못했지만 몸으로 하는 언어가 탁월

했던 탓에 20여 개국을 넘게 다닌 것 같다. 그리고 지금 주부로서 지극히 평범한 생활을 하고 있는데 조금도 부족함이 없다. 내게 주어진 삶을 오직 사랑하고 감사하며 산다.

지금도 가끔 아들을 낳지 못해 시댁과 갈등을 겪고 있는 젊은 새댁들을 본다. 아직도 시대를 벗어나지 못한 어르신들의 모습에서 우리는 무엇을 발견할 수 있겠는가. 사랑만 하면서 살아도 아까운 지금, 내게 주어진 이 시대, 이 순간, 우리 서로 자애로운 마음으로 아끼고 사랑만 하면서 살면 어떨까 싶다.

내가 그 나이만 되어도

외출 준비를 끝내고 집을 나서는데 아파트 정자에서 할머니들 대여섯 분이 앉아계신다. "안녕하세요?" 하고 인사를 드렸더니 할머니 한 분이 탄식 조로 말씀하신다. "아이고 내가 저 나이만 되어도 얼마나 좋을까." 그때 다른 할머니 한 분이 말씀하신다. "내가 저 나이만 되면 무엇을 할지 몰라. 하고 싶은 거 다 하며 살 거야!"

그 소리에 충격을 받고 정신이 번쩍 들었다.

내 나이 마흔 후반이다. 그런데 그 나이가 젊다고 날 부러워하신다. 어찌 된 일일까. 내 나이만 되어도 무엇이든 다 해볼 것 같단다. 늦은 나이에 결혼해서 아이가 지금 유치원에 다닌다. 유치원 아이를 둔 젊은 엄마들을 만날 때마다 너무 나이가 많았고 늘 아이에게 미안한 생각뿐이었다. 나이 때문에 더는 아무 것도 할 수가 없고 오직 아이 하나만 훌륭하게 잘 키워보자며 모든 걸 포기하고 살았다.

그날 이후로 삶을 새롭게 생각하며 산다. 자격증도 한 개 땄다. 취미생활도 더욱더 열심히 한다. 늦게라도 꿈을 위해 열심히 산다. 그 꿈을 이루고 안 이루고는 상관이 없다. 목적이 중요한 것이 아니라 그 과정이 중요 하다는 걸 잘 알고 있다.
죽는 순간까지도 사람은 배우며 산다고 했던가. 내게 큰 지혜를 주신 할머니들에게 감사드린다. 이 글을 쓰게 해주신 모든 인연께도 감사드린다.

우연히 어떤 책을 잠깐 읽어보았는데 그 책에 이런 글귀가 들어있었다.
"일상 속에 비밀의 문이 있다."
가끔 이 글을 생각한다.
나의 삶 어느 곳에 나의 비밀의 문은 열릴까.

자리다툼

누군가 선물을 들고 와 문을 두드린다. 하지만 그 선물을 받지 않고 돌려준다면 그 선물은 누구의 것이 되겠는가.

부처님 말씀이다. 누군가가 나에게 욕을 하면 받지 않으면 된다고 하셨다.

지인과 차를 마시는데 여러 이야기 중 자리 때문에 속상했던 이야기가 나왔다. 한 달에 한 번씩 법회를 가면 항상 앉던 자리에 앉는데 어느 날 느닷없이 할머니가 자기 자리라며 화를 내더란다. 같이 갔던 사람이 편을 들어주어 자리를 빼앗기지 않고 끝날 때까지 그 자리에 앉아 있었는데 계속 화가 나고 속이 상했다고 말했다. 나 또한 그러한 경험이 있었다.

혼자서 어떤 강좌를 들으러 갔을 때였다. 처음이라 많이 어색했었고 그곳 분위기도 잘 몰랐던 나는 아무 곳에나 비어있는 자리에 앉았다. 사람들이 짝을 지어 들어 왔고 강당이 가득 찰 무렵 어떤 아주머니가 나에게 마구 소리를 질렀다. 이유인즉 자기 자리에 앉았다는 것이다. 지정석이 따로 있는 것도 아니었고 부끄러움과 치미는 화를 간신히 참고 있었다. 같이 화를 내고 싸울 것인지 참을 것인지를 두고 자신과 싸우고 있는 내 모습을 보는 순간, 웃음이 나왔다. 자신을 바라보고 지켜보는 것만으로도 충분했다. 아무것도 아닌 일이었다.

자리는 내어주지 않았어도 여유 있게 웃으며 그 자리에서 계속 앉아 있었다. 강의 도중 강사는 빙 둘러앉으라고 했고 앞사람의 어깨며 머리를 주물러 주라고 하였다. 그런데 공교롭게도 그 아주머니가 내 앞에 앉은 것이다. 나는 친정엄마를 생각하며 정성껏 주물러 주었다. 반대로 돌아앉은 아주머니도 신경을 써서 두들겨 주신다. 끝나고 나더니 큰소리로 나를 칭찬하기 시작했다. 그 후로 우리는 좋은 만남이 되었다.

성질이 급하여 무슨 일이건 참아본 적이 없던 나는 사소한 그때의 경험이 큰 힘이 되었고 지금은 여유 있게 세상을 대한다. 사람들을 만나는 것이 즐겁고 행복한 일이 된 것이다.

왜 자리다툼을 하는 걸까. 생각하고 또 생각해본다. 자신의 마음속 자리를 그렇게 지키려 노력한다면 좋으련만 몸 밖의 다른 곳에 자신의 참 자아가 있다고 생각하니 실체가 없는 허상들을 보고 웃고 울곤한다.

밖이 아닌 내 안에 나의 참 자리가 있다.

4부

나를 보았다

꿈꾸지 않는 때는 언제였던가
내 안에 영원히 들어 있다 하니
그것을 찾아야겠다.
눈으로는 볼 수 없는 것
지금 이 순간 보인다.
눈 감으니 그 안에 숨어있다.

말이 씨가 된다

말이 씨가 된다는 옛말이 있다. 참으로 그 뜻을 안다면 아무렇게나 하는 말이라도 조심 또 조심하게 될 것이다. 생활하면서 보통 하는 말이나 생각, 행동이 삶에 커다란 영향을 끼친다는 것을 안다면 말이다.

함부로 말을 하는 사람들이 많다. 특히 요즘 들어 짜증이 난다는 말을 자주 듣는다. 말은 주문과 같다고 했는데 너무 많이들 한다. 유행어인가 보다. 자신이 하는 말들 속에는 어떤 힘이 들어있다는 것을 전혀 모르는 것 같다.

자신이 현재 사는 모습을 가만히 살펴보면 알 것이다. 자신이 원했었고, 생각했었고, 두려워했었고, 말했었던 것들이 이루어져 있다는 것을, 자기 생각이 어긋나지 않는다는 것을 말이다. 지금이라도 이러한 비밀이 있다는 것을 알고 앞으로는 생각 없이 말하지 않았으면 좋겠다. 좋은 일이 아니라면 보지도 말며, 듣지도 말고 말하지도 말며, 생각하지도 않으면 참 좋겠다.

말 한마디가 천 냥 빚을 갚는다는 옛말도 있다. 나는 사람을 미워하고 원망하며 많은 날을 잊지 못하고 가슴앓이를 한 적이 있었다. 오랜 시간이 흘러 거의 잊고 있었는데 어느 날 한 통의 전화를 받았다. 단 한마디 "미안하다"고 했다. 그 한마디에 얼마나 오열을 터트리며 울었던가. 잊었다고 생각했었는데 나의 무의식 속에서는 자신의 영혼을 쇠사슬로 칭칭 감고 있었던 것이다. 그날 이후로 나는 자유로운 영혼을 되찾았다. 미안하다는 말 한마디가 천 년 묵은 한을 풀어냈다. 감사하다는 말 얼마나 좋은 말인가. 감사하다는 말을 한 번이라도 해본 사람이나 들어본 사람은 알 것이다. 그 말에 엄청난 힘이 있다는 것을 결국, 인과응보는 자신이 만들고 자신이 푸는 것이다.

끌어당김의 법칙이 있다. 이왕이면 좋은 말과 생각

으로 좋은 것을 끌어당기면 좋겠다. 인간은 스스로
행복해져야 할 권리가 있기 때문이다. 스스로 행복을
찾지 못하고 누구를 원망할 것인가. 말에 씨가 있다
고 하였으니 좋은 씨앗을 좋은 땅에 심어 좋은 결실
을 맛보면 어떨까 싶다.

나의 세상

명상 중에 작은 앎이 찾아왔다. 내면 깊숙한 곳으로부터의 솟아나는 기쁨이었다. 내가 세상이다!

우리가 눈으로 보고 있는 것들은 무엇일까. 그것들은 온통 생각들일 뿐이다. 하늘, 나무, 날아가는 새, 빼곡히 들어서 있는 건물들, 지나가는 자동차 그리고 이 집 안에 있는 모든 것들.

세상은 없었다. 눈에 보이는 이 모든 것들이 세상이라면 눈감으면 세상은 어디로 간 것일까. 우리는 살아가면서 많은 것들을 본다. 하지만 자신은 보지 못한다. 자기 생각들을 바라볼 수 있다면 그때에야 비로소 올바른 세상이 보일 것이다.

우리가 참된 세상을 보고자 원한다면 자신을 바라보면 될 것이다. 몸과 마음을 지긋이 바라보고 있으면 많은 생각이 존재를 한다. 과거와 현재, 미래를 넘나들며 잠시도 멈추는 일이 없다. 너무도 바쁜 생각에 세상이 시끄러운 것이다. 자기 생각을 잘 살펴 그 실체를 보라. 호흡을 관찰하고 의식을 집중하면 미친 듯이 떠돌던 생각들이 잠잠해질 것이다. 그러면 마음속 세상이 보일 것이다.

깊은 산 속 맑은 호수에 바람이 불면 아무것도 볼 수가 없다. 오직 일렁이는 물결밖에 없다. 하지만 바람이 멈추고 일렁이던 물결이 잠잠해지면 모든 것이 보인다. 푸른 하늘에 떠있는 흰 구름, 지나가는 새, 산이 보이고 나무가 보인다. 세상의 온갖 것이 다 보인다. 이처럼 사람의 마음도 번뇌의 물결이 일렁이면 아무것도 보이지 않다가 물결이 잠잠해지면 그 맑은 마음속에 삼라만상이 드러난다 하였다.

내가 만든 세상 속에 내가 있는 것이다.

상처

남들은 휴가를 산으로 바다로 피서를 가지만 우리는 그동안 찾아뵙지 못했던 시골집 부모님을 뵈러 간다.

시댁에 도착했다. 분명 그렇게도 보고 싶다던 손녀가 오는 걸 아는데 역시나 매번 그랬던 것처럼 집안이 엉망이다. 아버님 혼자 계셨다. 어머니는 병원에 가셨단다. 밥솥엔 며칠이 지나 색이 변한, 식은 밥이 들어있는 것 외엔 먹을 것이 하나도 없다. 그렇게 오랜만에 찾아가는 시댁에 들어서자마자 나는 옷을 갈아입고 청소를 하기 시작했다. 문득 한 생각이 떠오른다. '그래 나는 오늘 시댁에 온 것이 아니다, 자원봉사를 하러 왔지.' 예전에 자원봉사를 하러 다니면서

생각 했던 일이다. '이렇게 남들한테 무료봉사도 하는
데 왜 시댁 가서는 즐거운 마음으로 못 하겠는가'라
는 생각한 적이 있다. 땀으로 목욕을 끝내고 나서 먹
을 것이 없나 냉장고를 뒤지고 있는데 어머니께서 들
어오신다. "우리 가빈이 왔네? 얼마나 보고 싶었는데
왜 이제 왔어?" 하지만 손은 역시 빈손이었다.

언젠가 외손녀들이 온다고 했던 날, 우연히 시댁에
간 적이 있었다. 냉장고 속에는 먹을 것이 가득 차
있었고 가스레인지 위에도 여러 가지 음식이 만들어
져 있었다. 과자며 과일, 그렇게 많은 것들이 왜있었
는지 나중에야 그 사실을 알았다. 그때도 마음이 참
아팠었다.

사 들고 간 재료들로 음식을 차려 놓았다. 갑자기
시어머니께서 평소에 앉던 시아버지 옆자리를 놔두고
자리를 바꿔 앉는다. '무슨 일이지?' 했는데 역시, 시
엄니가 피한 자리에 앉고 보니 뒤통수에 뜨겁게 달구
어진 가스레인지가 있다. 좁은 집에서 무더운 여름에
땀을 질질 흘리며 음식을 차려놓으니 열기 많은 자리
에 앉아 밥을 먹으란다. 그러면서 하는 말씀이
"이렇게 가만히 앉아서 해준 밥을 먹으면 왜 이렇

게 좋아"

　시부모님이라는 생각보다는 나이 드신 노인네들 따뜻한 밥 한 그릇이라도 직접 해 드리고 싶어 찾아가면 영락없이 마음에 상처가 난다. 끝내는 분노만 안고 돌아오는 것이다.

　이날도 매운 것을 먹지 못하는 아이는 몇 끼를 굶고 사들고 간 아이스크림이며 과자들만 먹고 잠이 들었다. 너무 더워 입맛도 없었겠지만, 애가 먹을 만한 음식도 없었다. 시골 가면 아기 때부터 꼭 할머니와 할아버지랑 자는 아이라 그날도 할머니 곁에서 잠이 들었다. 자다가 우는 소리에 가보니 애가 배 아프다며 괴로워하고 있다. 시부모님들은 모르고 주무신다. 애를 안고 와서 그릇에 토하고 등 두드리고 배 주물러 주며 밤새도록 울고 난리를 피워도 모른다. 모른 척하는 건지. 다음 날 아침, 어머니는 손녀에게 묻는다. "엄마가 더 좋아서 엄마한테 가서 잤네?" 한다. 그러더니 "할머니가 더 좋아 엄마가 더 좋아?" 아이는 "몰라" 하며 피해버린다. 시댁이나 친정이야기는 될 수 있는 한 하지 말아야겠다는 생각을 했었다. 누워서 침 뱉기 아닌가. 하지만 결국 하고야 만다. 부끄럽다.

　7년이라는 세월이 흘렀다. 이젠 적응 할만도 한데 갈수록 정이 떨어진다. 다섯 형제 중에 제일 못난 사람이 내 남편이다. 그래서 그렇게 천대를 받는지도 모르겠다. 그동안 겪었던 이야기를 어찌 이 한 장에 다 수를 놓겠는가. 이보다 더 맺힌 이야기들을 다른 집 며느리들에게서 듣고 있다. 이만하면 별일도 아니다. 하지만 서럽다. 친정 부모님께서 없는 나는 더 없이 마음이 아프다. 가슴에 통증이 온다. 그래서 나는 시댁에만 갔다 오면 몸살이 난다.

　사람은 정으로 사는 것이라 한다. 그런데 다만 며느리라는 이유 하나만으로 무조건 효(孝)를 다해야 한다는 것은 부당하다고 생각한다. 냉정하게 따져보면 그분들이 날 낳아 주셨는가. 날 키워 주셨는가. 무엇 때문에 효를 다해 모셔야 한다는 것인가. 남남끼리도 정붙이고 살면 피를 나눈 형제보다도 낫다고 한다. 그런데 피 한 방울 섞이지도 않는 사람들을 내 부모와 같이 섬겨야 한단다. 내가 바르지 못한 사람인지는 몰라도 오고 가는 최소한의 정이라도 있어야 한다고 생각한다. 비록 배 아파서 낳은 자식은 아니지만, 뼈아프게 기른 자식은 아니지만 소중한 인연이 아니던가. 내가 낳은 자식이 귀하고 소중한 만큼 며느리도 그의 부모에게는 참으로 귀하고 소중한 딸자식이다. 이젠 옛날의 사고방식에서 벗어나야 한다. 며느리이기 이전에 한 가정의 아내요 한 아이의 엄마이다.

시댁에 도착하기 전 시골 마트에서 아이스크림을 많이 샀었다. 갈 때마다 보면 커다란 느티나무 정자에서 한가한 시간을 보내시는 동네 노인들이 생각났다. 자동차로는 십분 정도의 거리지만 걸어서는 몇 시간이 걸리기 때문에 그분들은 쉽게 드실 수가 없다는 생각이 들었다. 아이스크림을 드시면서 어린아이처럼 좋아하시는 모습을 상상하면서 나는 행복했었다.

이 세상 모든 할머니 할아버지들이 내 부모와 같다는 생각을 했건만 시부모님은 왜 안 되는 걸까. 아무래도 내가 아직 사람이 덜되었나 보다.

천국과 지옥

스승과 제자가 있었다. 하루는 제자가 스승께 여쭈었다. "스승님! 정말로 지옥이 있나요?" 하자 스승은 다짜고짜 제자의 멱살을 거머쥐고 연못에 머리를 폭 집어넣었다. 고통스럽게 발버둥치는 제자를 물에서 턱 하고 꺼내놓으며 "자!~이곳이 천국이니라."

요 며칠 계속 몸이 아프다. 시댁과 친정이 있는 시골만 갔다 오면 며칠씩 병이 난다. 마음의 병이다. 왜 이리 모진 경험을 해야 하는지 모르겠다.

맑고 순수한 마음으로 나섰다가 돌아올 때는 모질고 독한 마음을 품고 온다. 정말 가지 말아야 할 곳이라 생각한다. 사람은 많은 경험을 통해 배우고 깨우침을 얻는다 했다. 세월이 흐를수록 그곳만 갔다 오면 때가 낀다. 마음이 자꾸만 혼탁해진다. 차라리 인륜이고 천륜이고 이러한 경험들은 피해야 하지 않을까 싶다.

살아가는 데 있어서 환경이란 무척 중요하다. 그렇게도 생명을 소중하게 생각하는 아이가 시골서 할아버지가 파리를 잡는 모습을 자꾸만 보더니 어느 날부터 따라 잡기 시작한다. 탁! 하고 한 마리를 잡더니 나도 잡았다고 깔깔거리며 웃는다. "가빈아! 파리가 불쌍하지 않아?" 하고 묻자 "파리는 사람한테 해로운 거야, 더러운 병균을 옮기고 말이야." 파리채에 으깨어져 죽어있는 파리를 보고 그 고통을 느끼지 못하고 마음에 자비로움이 없어졌다는 것에 나는 크게 충격을 받았다. 하찮은 미물일지라도 일부러 죽여서는 아니 되겠거니와 그것을 죽여 놓고 즐거워한다는 것은 결코 있을 수 없는 일이라 생각한다.

살아가면서 겪는 고통 중에는 잘못된 인식과 경험으로 때문에 겪는 일이 얼마나 크고 많은가. 그것이 바로 어리석음이다. 사물의 이치를 바르게 알고 접한다면 그것은 온통 신비로움뿐이다. 생명을 소중하게 생각하는 마음이 있다면 자신은 물론 타인까지도 소중히 생각할 것이고 더 나아가서는 이 세상에 존재하는 모든 것들을 아끼고 사랑하게 될 것이다. 그런 마음으로 나 아닌 남이라 하여 마음에 상처를 주고 해를 끼칠 것인가.

아파트 꼭대기에서 까치 우는 소리가 들린다. 날마다 울었던 까치 소리인데 이제야 들린다. 마음이 많이 진정이 되었나 보다. 오랜만에 고요한 아침이다. 매번 느끼는 일이지만 분노가 가라앉고 나면 눈물이 나온다. 매서운 눈물이 몸에서 빠져나오고 나면 마음은 치유될 것이다. 마음이 치유되면 아팠던 몸도 나을 것이다. 마음에 묻어있는 때를 벗겨 내야겠다. 다시는 더러워지지 않도록 정신을 바짝 차려야겠다.

더 이상은 아프지 말자. 내게 주어진 소중한 날들을 더는 어리석게 해서는 안 된다. 어떠한 환경이라도 그 환경에 휘둘려서는 아니 될 것이다. "내가 보는 세상은 내가 만든 것이라 하지 않았던가." 잠시 그 뜻을 잊고 환영 속에서 허우적거렸다. 잠깐 어리석어지면 천 길 낭떠러지로 떨어져 큰 고통을 겪어야 한다는 것을 또 한 번 실감 나게 경험을 했다. 단한 순간이라도 그 실체가 없음을 잊지 않았다면 잠깐이라도 지옥에 떨어지지 않았으리라. 이젠 악몽에서 깨어나 진실을 본다. 이곳이 천국이다.

인연

우리 집은 사거리에 있는 십 일층 아파트 꼭대기
이다. 예전에 중간층에 살 때 너무 시끄러워 맨 위층
으로 이사를 했다. 한여름에 이사를 와서 창문을 다
열어놓으니 꼭 길에서 자는 것 같다. 베란다 창가에
앉아 길가는 사람들을 바라보고 있으면 사람 사는
세계가 환하게 보인다. 몇 시간을 바라보고 있어도
지루하지가 않다. 끊임없이 새로운 사람들, 새로운
광경, 새로운 볼거리가 생긴다. 사람들은 위에서 누
군가가 지켜보고 있다는 것도 모른 채 열심히들 걸
어가고 있다.

거리에는 장사하는 사람들이 많다. 두부나 도토리
묵을 만들어다 파는 할머니, 양말, 속옷을 파는 아주

머니, 가방, 액세서리를 파는 젊은 엄마, 최신 유행
하는 옷을 파는 아가씨, 어묵과 떡볶이 파는 사람,
특히 이곳에서 잘 알려진 필리핀 아줌마는 집에서
농사를 지어 각종 채소를 내다 파는데 내가 알기로
도 10년이 넘었다. 추운 계절엔 낯선 나라에서 고생
하고 있는 모습이 참 안쓰럽다. 처음 이사 와서는 길
에서 물건을 파는 할머니들이 불쌍해서 일부러 많이
사기도 했는데 나중에 알고 보니 자식들이 멋진 자
가용을 타고 와서 내려주고 태워가고 하는 것이다.
어느 때는 떡도 만들어 파는 사람이 있는가 하면 과
일이나 마늘 생선까지도 파는 깜짝 장사들도 있다.
이곳은 소형아파트가 많아서 그런지 아기들이 많고
젊은 엄마들이 특히나 많은 것 같다. 그러다가도 주
말만 되면 조용하다. 노점상들도 일요일만 되면 무조
건 쉰다. 길거리가 텅 비어버린다.

한밤중에 고함이 들린다. 잠에서 깨어 창밖을 보았
다. 술 마신 사람들이 거리에서 싸우고 있다. 새벽
네 시다. 종종 일어나는 일이지만 오늘은 욕이 튀어
나오려 한다. 꿀꺽 삼켰다. 대신 사랑합니다. 감사합
니다. 했다. 그러자 순식간에 조용해졌다. 차가 와서

사람들을 한꺼번에 싣고 갔나 보다. 쥐 죽은 듯이 조용하다. 참 신기하다.

처음 이사 왔을 때 남편과 나는 길에서 "끼이익~ 뺵!" 하는 소리만 나면 튀어나와 베란다 창문을 열고 사고 난 것을 보았다. 가슴이 서늘해진다. 구경 중에는 부부 싸움하는 것과 불구경이 최고라 했던가. 어찌 그리도 자주 싸우는지 아이가 잠든 깊은 밤중이어서 그나마 다행이었다. 또 소방서가 가깝다 보니 늘 애~앵 애~앵 소리가 난다. 처음 이사 와서는 구경할 것도 많고 시끄럽기도 하더니 지금은 전혀 시끄럽지도 않고 구경할 일도 없다. 내가 그 속에서 함께 살아가는 일원이 된 것이리라. 그러고 보니 두 종류의 사람이 살아가는 것 같다. 삶을 지켜보는 사람과 누군가 자기를 지켜보는 것도 모르고 사는 사람이다. 그중에서도 으뜸인 사람은 자신의 삶을 지켜보는 사람일 것이다.

내가 살아가고 있는 모습을 가만히 지켜보고 있자니 온통 실체가 없고 생각뿐이다. 몸이 무엇을 하는지 전혀 모르고 있다. 밥을 먹으면서도 다른 생각,

청소하면서도 다른 생각, 어디를 가고 있으면서도 다른 생각, 몸은 몸대로 생각은 생각대로 살아가고 있다. 간혹 좋은 생각을 하면 얼굴에 화색이 돌고 몸도 좋아지는데 나쁜 생각을 하게 되면 얼굴은 고통으로 일그러지고 몸은 아파죽겠단다. 전혀 실체가 없는 생각으로 천국과 지옥을 왔다 갔다 하는 것이다. '아! 그러고 보니 나의 세상은 느낌으로 이루어져 있구나.' 좋은 느낌은 행복하다 하고 좋지 않은 느낌은 불행하다고 한다.

언제부터인가 사거리에서 교통사고가 나지 않았다. 그러고 보니 CCTV가 설치되어 있다. 최근 들어 사고가 나는 소리를 전혀 듣지 못했었다는 사실도 모르고 있었다. 삶에 젖어 산다는 것은 잘 살고 있다는 뜻일까. 나는 어느 축에 드는 것일까 한 생각 잘하면 세상을 다 얻은 듯이 즐겁고 행복하다가도 한 생각 잘못하면 온통 불안하고 절망스럽다.

창밖의 세상을 바라본다. 하늘에 흰 구름이 둥실 떠있다. 그 너머로 밑도 끝도 없는 우주가 있다. 아래엔 차들이 달리고 사람들이 정신없이 걸어 다니고 있다. '무엇을 위해 저들은 저토록 열심히 달리고 있을까.' 나는 또 무엇 때문에 이러고 앉아 있는 것일까. 갑자기 외로워진다. 나는 누구이기에 이렇게 세상을 바라보고 있는 것인지 어디에선가 나를 바라보고 있는 또 다른 세상은 있는 것인지 알고 싶다. 나는 내가 누구인지 알고 싶다.

이 아파트에 살면서 많은 것을 보고 느끼며 살았다. 삶에 휴식이 있었고 눈물이 있었고 기쁨과 평화가 있었다. 이제 다른 곳으로 이사를 하게 될지도 모르겠다. 이 집에서 나는 너무도 많은 것을 얻고 있었다. 사랑합니다. 감사합니다.

목이버섯

남편과 차 속에서 다퉜다. 아니다, 혼자 화가 나서 씩씩거렸다. 아직도 시댁에 대한 감정이 남아있는 상태이다. 남편이 듣기 싫은 소리를 한마디 한다. 속이 뒤집힌다. 멀미가 난다. 마음을 추스르려 노력은 하지만 별의별 생각이 다 난다. 뭣 때문에 그렇게 화가 나는지도 모르겠다. 날 집에 데려다 주고 혼자서 산에 가라는 말이 목까지 치밀어 올라왔지만, 꾹 참았다.

창밖에는 비가 온 뒤 개인 날씨가 참 아름다웠지만 하나도 즐겁지가 않았다. '아! 이래서 사람은 천국에 데려다 주어도 그 마음에 근심이 있으면 천국을 보지 못한다고 하는구나' 라는 생각을 했다. 좁은

농로를 들어섰는데 아주머니가 돗자리를 깔고 새참 준비를 하고 있다가 얼른 그릇들을 치운다. 나머지 돗자리도 치우기를 기다리는데 환하게 웃으며 그냥 지나가라고 손짓을 한다. 그 웃음이 가슴을 뭉클하게 한다. 화났던 마음이 스르르 녹아내린다. 참 신기하다. 나와는 전혀 상관없는 아주머니의 웃는 얼굴이 일그러진 내 마음을 쭈욱 펴 준다.

산속에서 돌아다니다 보니 남편이 보이지를 않는다. 부르며 찾기가 멋쩍어서 그냥 돌아다니는데 갑자기 무서운 생각이 든다. 불쑥불쑥 묘지들이 나타나는데 불러도 대답이 없다. 전화했다. 남편이 달려왔다. 횡설수설 수다를 떨다 생각해보니 미안하다. 나와 같이 사는 남편이 참 힘들겠다는 생각을 했다. '남편! 미안합니다. 용서하세요. 감사합니다'라고 속으로 말했다.

산에서 내려오다 목이버섯을 발견했다. 도저히 손이 닿지 않는 높은 곳에 다닥다닥 탐스럽게 붙어있다. 남편은 안 되겠는지 얼른 포기하고 손닿는 곳으로 발걸음을 옮겼지만 나는 온갖 궁리를 하며 버티고 있다. 절대로 그냥 갈 수 없다며 나무를 올라가려고 버둥거리고 뛰어도 보고 흔들어도 본다. 결국, 포기를 하고 돌아서는데 남편 "진작 포기하시지" 하며 봉투 속에 많은 버섯을 보여준다. 그제야 나도 손닿는 버섯을 찾아 나섰다.

어디선가 파르르 날개를 파닥이는 소리가 들린다. 매미가 거미줄에 대롱대롱 매달려 있다. 얼른 거미줄을 끊어 나뭇잎 위에 올려놓으니 엉킨 날개를 펴지 못하고 바동대고 있다. "괜찮아 내가 날 수 있게 해줄 게 가만히 있어" 했더니 정말로 가만히 있다. 그때처럼 매미의 날개를 자세히 만져 본 적이 없는 것 같다. 매미가 날아가고 싱긋이 웃다가 이상한 느낌이 들어 위를 보았다. 큰 거미가 나를 바라보고 있었다. 깜짝 놀라며 "아이고 미안해 정말 미안해" 했다. 큰 거미 옆에는 작은 거미도 있었다. 내가 진심으로 사과하자 거미가 두 발을 세워 움직이는데 내 말을 알아들었다는 생각이 든다. 정말 미안했다. 나는 지금도 이 일이 잘한 일인지 잘못한 일인지를 모르겠다. 공자가 말했다. 내 나이 육십 평생을 살았어도 나는 아직도 옳고 그름을 알지 못한다 하였다. 나는 생각한다. 처음부터 옳고 그름에는 기준이 없었다는 것을.

 출발했을 때와는 다르게 마음은 즐겁고 행복해졌
다. 화를 낼 때의 나는 누구이고 지금 행복해하는 나
는 누구인가.

 나는 날마다 꿈을 꾼다. 꿈을 꾸고 있지 아니한 때
는 또 언제인가. 살피고 또 살펴볼 일이다.

매미

산속에 들어서면 편안하다. 산이 들어와도 좋다고 허락한 것처럼 느껴진다. 세속의 때가 벗겨지고 있음을 알 수 있다.

아침부터 비가 쏟아졌다가 그치곤 하는데 아랑곳하지 않고 집을 나섰다. 날씨가 맑게 갠 것 같아 남편이 챙기라는 비옷을 놓고 가려는데 막무가내로 가지고 가라 한다. 저수지 위 계곡물은 맑고 깨끗하였다. 다음엔 아이랑 물놀이를 와야겠다는 생각을 한다. 비 갠 뒤의 산속은 촉촉한 느낌이 더욱더 포근하였다. 모든 게 싱그럽고 아름답기만 하다. 후두둑 빗방울이 떨어진다. 남편이 지혜로운 사람인 것 같다. 얼른 비옷을 꺼내 입으며 우의 하나면 내 몸을 전부

가려줄 거라고 놀리던 말이 떠올라 웃는다.

아직도 이곳은 뱀을 잡기 위한 그물이 쳐져 있다. 마음이 아프다. 한참을 올라가는데 스르르 새끼 뱀 한 마리가 나를 피해 달아난다. 나는 속으로 말했다. '놀라게 해서 미안하다. 이레쪽으로는 가지 마라' 하니 알고 있다고 한다. 조용하던 산속이 나 때문에 소란스러워진 것만 같아 미안하기만 하다. 늘~그래 왔던 것처럼 산속에 존재하는 모든 것들에게 '사랑해요. 미안해요. 용서하세요. 감사합니다.' 하며 축복을 하고 나 자신을 정화 시킨다. 그러면 산은 한없이 넓은 덕으로 날 포용해준다.

전에 왔다가 따지 못했던 목이버섯을 따려고 오늘 이산엘 들렀다. 장소를 찾기 위해 가는데 산삼이 보인다. 한줄기엔 다섯 잎 또 한줄기엔 세 잎이 달려있다. 며칠 전부터 아이가 마른기침을 하기에 산삼 한 뿌리 캐서 먹이면 좋겠다는 생각을 산을 들어서면서 했었는데 정말 반가웠다. 살그머니 남편을 부르며 아무래도 산삼인 것 같다 하니 빠르게 다가온다. 크지는 않았지만 정성 들여 캐보니 제법 뿌리가 컸다. 남편 하는 말이 "뭘 참 잘 봐" 한다. "내가 그들을 보는 게 아니라 그들이 날 끌어당긴다 왜!" 하였다. 새들이 삼 씨앗을 먹고 난 뒤 배설물 때문에 나는 것이 산삼이 되므로 한 뿌리가 있으면 그 주위에는 반드시 다른 산삼들이 있다기에 둘러보았다. 아니나 다를까 많이 있다. 잎사귀가 세 개 달린 잎들이 많았고 간혹 네 개, 다섯 개 달린 것도 있었는데 뿌리가 작아 차마 캘 수가 없어 뒤로 미루고 몇 년이 흐른 뒤에 인연이 닿는다면 우리가 캘 수도 있겠지만 다른 이들에게 발견된다면 그 또한 그들의 축복이지 싶다. 산삼에 관해 제법 공부를 많이 하였는지 남편 하는 말이 잎이 세 개면 1년생, 잎이 다섯 개면 2년생, 잎이 여덟 개면 3년생이라 한다. 맞는 말인지는 모르겠지만 아까 내가 캔 것은 3년생인 것 같다.

아까부터 매미 한 마리가 맴맴 하면서 따라다닌다. 도시에서는 들을 수 없는 매미 소리다. 도시에서 우는 소리가 매애앵~~~하면 여러 마리가 따라서 매애앵 거리는데 사람들이 시끄러워 죽겠다고 한다. 시골에 오면 비로소 매미다운 매미 소리를 듣는 것이다. 내가 남편에게 하는 말이 "자기야! 아까부터 매미 한 마리가 우리를 따라오며 우는데 혹시 내가 전에 살려줬던 그 매미가 아닐까?" 하자 남편이 어이없다는 듯이 "헛" 하고 웃는다. 하지만 나는 느낀다. 맴맴맴 맴맴맴.

전에 왔다가 너무 높아 따지 못했던 목이버섯을 따려고 작은 톱을 가지고 왔다. 왠지 남편은 선뜻 내키지 않아 하며 나무를 썬다. 나무를 썰며 하는 말이 "나는 한 번도 이런 것을 따려고 나무를 자르거나 하지 않았다" "자기야! 버섯은 분명히 죽은 나무에서만 나지?" "응" "나는 살아있는 나무에서 버섯이 나는 것 보지 못했어. 이미 죽은 나무이니까 괜찮아!" 하지만 나중에서야 내가 옳지 않았다는 것을 알게 되었다. 나무를 잘라 쓰러트린 뒤 버섯을 따려고 보니 그 속에는 또 다른 세상이 존재하고 있었다. 민달팽이며 이름도 알 수 없는 많은 벌레가 버섯을 먹이로 하여 살아가고 있었던 것이다. "미안하다. 너희 먹을 건 남겨놓을게." 괜히 나무를 잘랐다는 후회 속에서 대충 따고 돌아섰다.

집으로 돌아오는 길이었다. 옆 차선에 있던 트럭 한 대가 우리 차로 막 달려들었다. 남편이 소리를 지

르며 오른쪽 차선으로 피했는데 다행히 오른쪽 차선
에는 차가 없어 대형 사고는 나지 않았다. 아마도 추
월을 하려 했는데 우리를 보지 못한 것 같다. 앞에
신호등까지 따라간 신랑이 소리를 지른다. 오십 대가
넘은 듯하고 옆자리에는 아들인 듯한 남자가 스마트
폰을 들여가 보느라 정신이 없다가 쳐다보는데 운전
자 하는 말이 사고도 나지 않았는데 왜 그러냐며 큰
소리를 친다. 그 순간 남편이 망연자실하여 할 말을
잃고 있기에 내가 나서서 얼마나 놀랐는지 아냐고
소리 질렀다. 옆에 있던 젊은 남자가 어리둥절해하며
미안하다고 고개를 꾸벅한다. 남편이 차에서 내리려
는데 신호등이 바뀌자 트럭은 쏜살같이 달아나 버렸
다. 뒤따라가려는 남편을 겨우 말리고 처음으로 겪는
위험한 상황이 나 때문에 생긴 일이라는 걸 알았다.
마음속으로 베어진 그 나무한테 진심으로 사과했다.
그리고 축복을 빌었다. 비로써 나무가 나를 놓아주는
걸 느낀다. 다시는 산에 가서 욕심을 부리지 않으리
라. 과감하게 놓아버릴 수 있는 것은 놓아두는 것이
다. 나의 부족함과 어리석음을 다시 한 번 돌아본다.
시간이 흐를수록 그동안 보이지 않았던 남편의 참모
습이 보인다. 산과 같은 아름다운 영혼이.

무지개

정신을 바짝 차리고 몸과 마음을 다스려야 한다. 잠깐이라도 정신을 놓아버리면 천 길 나락으로 떨어져 버린다.

수필을 쓰기로 마음먹고 나서 보름 만에 삼십여 편을 썼다. 꿈을 가지고 한 편 한 편 소중하게 써놓은 글을 모아두었다가 책을 만들어야 옳을 것 같지만, 갑자기 결정한 일이고 보니 어쩐 일로 많은 글이 힘들이지 않고 쏟아져 나왔다. 짧은 글들이 많아 그 뒤로도 이십여 편을 더 썼지만 이 모든 일이 한 달여 만에 이루어진 것 같다. 수필은 마음의 산책이라 했다. 명상하는 나로서는 수필을 쓰는 일이 삶에 도움이 되기도 하고 그렇지 아니하기도 하였는데 그

이유는 수필을 쓰면서 감추어져 있던 마음에 상처들이 치유되기도 했지만, 명상을 방해하는 시간이 많아지기도 하였다. 한 권 분량의 글을 쓰고 난 뒤 잠시 글쓰기를 멈추고 보니 생활이 많이 변해 있었다.

며칠 몸이 무겁고 여기저기 아프다. 살도 많이 쪘다. 화낼 일도 자주 생긴다. 오늘은 다 나았다고 생각되었던 비염이 심하다. 한동안 명상을 하지 못했다. 낮에는 취미생활을 한다고 이 사람 저 사람들을 만나 차를 마시고 식사도 하며 수다를 떠느라 바빴다. 틈이 나면 글을 쓴다고 몇 시간씩 앉아 있다 보니 온몸에 땀띠가 났다. 잠깐이나마 정신 좀 차리자고 명상을 하려면 싫은 마음이 앞서 그냥 누워 잠자기가 쉬웠고 생활이 거의 타락의 증세를 보이고 있었는데도 모르고 있었다. 아차 싶었다. 길지도 않은 시간이었는데 벌써 그렇게 변하고 있었다.

저녁 여덟 시만 되면 아이를 재운다. 재우다 보면 아이보다 먼저 잠이 들곤 했다. 어젯밤도 재워달라는 아이를 혼자 자도록 하고 책을 읽고 있으니 저도 같이 책을 읽다가 옆에서 아무렇게나 잠이 든다. 아이를 안아 제 방에다 누이고 오랜만에 명상다운 명상을 하게 되었다. 호흡을 집중적으로 했다. 온종일 계속되던 콧물이 멈추고 시간이 흐를수록 정신은 맑아지고 상쾌해진다. 아이가 다니는 학원문제 때문에 계속 상했던 마음이 가라앉기 시작한다. 또한, 쉽게 결정할 수 없었던 문제를 어떻게 풀어나가야 할지 명료해진다. 네 시간 정도가 지났다. 잠을 자야 하겠다. 명상과 호흡이 제대로 이루어지지 않고 날을 새게 되면 다음날 생활하는데 많은 불편이 따른다. 집중이 잘되어 호흡이 힘들지 않고 올바른 명상을 하게 되면 다음날까지도 초인적인 힘이 생기기도 하지만 아직은 초보다.

다음 날 아침 새벽 다섯 시에 일어나 한 시간 정도의 명상을 끝낸 뒤 글을 쓰는데 아이가 일어나 살금살금 제방에서 나온다. 내가 먼저 "안녕?", "안녕 엄마!" 환하게 웃는 아이의 모습이 천사다. 윙크했다. 행복한 얼굴로 다시 누워 뒹굴며 하는 말이 "파란 하늘에 흰 구름 좀 봐." 그때야 하늘을 보던 나는 "어머! 정말 예쁘다." 맑고 푸른 하늘에 흰 구름이 뭉게뭉게 떠 있었다. 명상하고 글을 쓰며 한 번도 하늘을 바라보지 않았다는 사실을 그때야 알았다.

며칠 전, 이천십이 년 팔 월 이십사 일 금요일 저녁 여섯 시 경이었다. 아이가 "엄마! 하늘에 무지개 떴어!" 동남쪽에 무지개가 떠 있었다. 또한, 남쪽과 서쪽으로 붉게 물든 하늘과 구름이 장관을 이루고 있다. 요 며칠 비가 계속 내리다가 오늘 잠깐 해가 비추어서인지 평소에는 쉽게 볼 수 없는 아름다운 풍경이었다. 아이가 아니었다면 볼 수 없었던 하늘이지 싶다. 다음날 많은 사람에게 물어보았는데 무지개를 보았다는 사람이 거의 없었으니 말이다. 잠깐 떠오르다 사라져버릴 무지개처럼 우리가 사는 세상도 짧은 환영과 같지만, 그 안엔 무한한 아름다움이 존재를 한다. 순간이 영원히 될 수 있는 때이다.

어떤 책에서 읽었던 글이다. 인간의 눈으로는 사천여 가지의 사물을 볼 수 가있는 능력이 있다 한다. 하지만 정작 사람들이 보는 것은 이천여 가지밖에 안 된다는 것이다. 그 사실을 여러 번 체험해보니 자신이 보고 싶은 것만 가려서 보기 때문인 것 같다. 이런 일이 있었다. 매주 목요일마다 산에 가는 모임이 있었는데 두 번째로 대청댐에 갔을 때였다. 누군가가 "와! 여기에 이렇게 아름다운 모래 기둥들이 있었네." 그러자 나머지 사람들은 똑같이 "어머! 그러네! 그런데 왜 전에 왔을 때는 아무도 보지 못했지?" 우리는 종종 이런 말을 한다. "예전에는 없었는데 이런 게 있었네?" 없었던 것이 생긴 것일까? 아니다. 상황에 따라 보이기도 하고 안 보이기도 하는 것이다. 이것만 보아도 우리는 내가 볼 수 없는 것이라 하여, 내가 보지 않았다 하여 없는 것이라고 무작정 부정하면 안 될 것 같다.

오늘 아침 나의 생활이 정상으로 돌아온 것 같아 기쁘다. 앞으로는 어떠한 경계 앞에서도 흔들리지 않는 정신과 평정심을 갖도록 삶의 목표로 삼아야겠다.
같이 놀아달라고 조르던 아이가 책을 읽고 있다. 나는 회심의 미소를 짓는다. 글을 마치고 아이랑 놀아줘야겠다. 이 순간을 놓친다면 영원히 잃게 되리라.

거미

이른 아침 명상을 하려고 앉아있는데 이 생각 저 생각 시끄럽다. 한참 후에 유치원에 다니는 아이가 일어나 나오더니 어깨 위에 벌레가 있다고 손가락으로 가리킨다. 반사적으로 오른쪽 어깨를 내리쳤다. 새까만 거미 한 마리가 떨어졌다. 어쩔 줄 몰라 하는 내게 아이는 자꾸만 "엄마가 거미를 죽였어. 엄마가 거미를 죽였어" 한다. 마음이 상한 나는 자신의 행동에 비명에 가까운 신음을 냈다. 무엇 때문에 그렇게도 놀라야 했으며 벌레가 몸에 있다는 것을 알았을 때 소름 끼치는 그 느낌은 왜 일어나는 것일까. 거미가 내게 무슨 해를 끼친다고 죽였을까. 마음이 심각하게 혼란스러워졌다. "거미야! 미안하다 미안해. 할 말이 없구나." 그런데 이상하게도 "괜찮아요 괜찮아요” 한다.

　요가교실을 들어서는데 문 가운데 거미가 대롱대롱 매달려 있다. 나는 거미를 잡으려고 두 손을 허우적거렸다. 뒤에서 들어오던 아주머니가 “뭐해요?” “거미가 매달려 있어서 잡으려고요” “아이고 나는 눈이 어두워서 보이지도 않네.” 그때 거미는 잽싸게 툭 하고 거미줄을 이용해 바닥으로 떨어져 보이지를 않는다. 사람들이 많이 드나드는 문 바닥에서 밟지나 말아야 할 텐데, 그리곤 잊었다.

　요가를 하면 마음의 정화가 빠르게 되는 것을 느낀다. 삼 년째 하고 있는데 몸도 마음도 건강하다. 누워서 요가동작을 하다가 오른쪽을 보았다. 연두색 거미 한 마리가 또 보인다. 생각할 겨를도 없이 요가를 하다말고 거미 다리를 잡았다. 몇 사람이 보더니 징그럽다고 소리를 질렀다. 다리가 부러질까 봐 살짝 잡았더니 달아나려고 두 손안에서 왔다 갔다 한다. 얼른 창가로 달려가 놓아주었더니 거미줄을 이용해 재빨리 달아난다. 돌아와 자리에 앉으니 아가씨 한 명이 말했다. “제 옆에 가까이 오지 마세요.” 내가 도리어 “그대가 내 가까이 오지 마시오” 했다. “벌레들이 너무 싫어요. 생각만 해도 소름이 끼쳐요." 하며 몸서리를 친다. "벌레들도 그대를 싫어해요" 하니 "제발 싫어하라고 하세요" 한다. 내가 벌떡 일어나 앉아 아침에 거미를 죽이게 된 이야기를 했다. 그때서야 마음을 조금 진정시키는 것 같다. 거미를 살려야겠다는 생각에 아무런 느낌이 없었다. 도리어 살려고 달아나려던 모습이 사랑스럽기까지 했다. 예전에는 감히 무서워서 만지지도 못했던 거미다. 한 생각 차이이다. 선입견을 지우고 분별심을 버리면 된다.

모든 아기들이 그러할 듯 내 아이는 벌레를 무서워하지 않았다. 누에를 손바닥에 올려놓고 좋아했던 모습이며 개미, 거미, 지렁이까지도 신기하게 바라보았던 기억이 난다. 아이가 유치원에서 찍은 두 장에 사진을 보았다. 다른 아이들은 차마 만지지 못하는 뱀을 만지고 잡아서 들고 있는 모습도 보인다. 특별한 아이라고 생각했다.

그러던 어느 날 텔레비전이 없는 우리는 컴퓨터로 뽀로로를 보게 되었다. 뽀로로와 크롱이 패티네 집에서 공놀이하다가 높이 있는 책장 속의 책들을 떨어트리게 되었다. 패티가 용감하게 얍! 얍! 하면서 모

든 책을 공중에서 안전하게 잡아들자 친구들이 와~
하고 박수를 치며 패티의 멋진 모습을 칭찬했다. 바
로 그때 거미 한 마리가 나타난다. 비명을 지르며 덩
치 큰 포비 뒤에 숨는 패티의 모습을 본 뒤로 아이
는 거미를 무서워하기 시작했다. 처음엔 장난이지 싶
었는데 시간이 지나도 진짜로 무서워하는 것이다. 방
바닥에 벌레가 있으면 남편이나 아이가 주워 밖으로
내보냈는데 이제는 가빈이가 거미를 무서워한다.

태어나 파리를 처음 보았을 때 예쁘다며 신기해했
던 아기 때의 모습이 생생하다. 지금은 파리나 모기
는 나쁜 벌레라고 잡아야 한단다. 맑았던 영혼에 앎
이 한 가지씩 생기자 아이는 변하기 시작했다. 보이
는 모습이 징그럽고 흉하다 하여 소름이 끼친다고
느끼기 이전에 하나의 생명으로서 존재가치를 인정
해주면 안 될까? 어떻게 하면 아이의 영혼이 때 묻
지 않고 아름답게 성장할 수 있을까. 어떻게 하면 이
지구에 존재하는 모든 생명이 평화롭게 공존할 수
있을까.

오늘 아침 거미들이 왜 내게 나타났을까. 깊이 생
각해본다. 신께서 내게 전해주시려는 이 메시지의 의
미를.

마음의 산책

나는 산책을 즐긴다. 싱그러운 숲 속을 거닐며 바람이 된다. 꽃이 된다. 나무가 된다. 바위를 휘어 감고 돌다가 강줄기를 따라 흐른다. 새의 등을 타고 날다가 어느 작은 마을을 한 바퀴 돌기도 한다. 자유로운 영혼을 꿈꾸며 산책을 한다. 달콤한 꿈을 꾼다. 나는 마음속 산책을 즐긴다.

젊어서 혼자 몸이었을 때 세상을 자유롭게 떠돌아다니면서도 얻지 못했던 자유를 결혼하고서야 비로소 얻게 되었다. 아이를 낳고 키우며 삶이라는 냉혹한 현실 속에서의 희노애락(喜怒哀樂)이 나의 영혼을 성장시킨 것 같다. 먼 곳만 바라보며 꿈을 찾던 나는 평범한 주부로 사는 삶을 통해 진정한 자유를 찾은 것이다.

아름다운 눈으로 세상을 바라보며 살고 싶다. 아름다운 생각으로 나의 세상을 만들어 나가고 싶다. 맑고 깨끗한 마음속 세상에서 산책이 하고 싶다. 순수의 세계로 들어가는 비밀의 문을 찾고 싶다.

"엄마! 나, 구름 타고 하느님 좀 만나고 와야겠어." "왜?" "소원 좀 빌게" "무슨 소원을 빌 건데" 아무 말도 하지 않는다. 나는 궁금했다. "소원이 무엇이야!" "부자가 되게 해달라고 빌게" 가슴이 아리다. "가빈아! 하느님은 가빈이 마음속에 있어. 그러니까 마음속 하느님에게 빌어 알았지?"

아이랑 처음으로 극장에 갔다. 아이는 칠천 원, 어른은 팔천 원이었다. 카드로 결제했더니 포인트가 사천 원 있단다. 그것도 사용했다. 팝콘을 사 달라고 해서 갔다가 가격을 보았더니 관람료보다 비싸다. 너무 비싸다고 했더니 아이도 더는 조르지 않는다. 입장하고 자리에 앉았는데 사람들이 팝콘을 들고 다닌다. "엄마! 다른 사람들은 비싸도 다 사는데 나는 왜 안 사줘?" 이때만큼 내가 미웠던 적이 없다.

일곱 살 아이의 눈으로 보는 세상은 모든 것이 놀

잇감이다. 모든 생명이 다 친구이며 존재하는 모든 것이 신기하고 궁금하다. 그 맑고 깨끗한 영혼에 엄마인 나는 자꾸만 때를 묻힌다.

남편의 눈으로 보는 세상은 모든 것이 힘들고 무섭단다. 늘~ 아이에게 아내에게 미안하단다. 부모님께도 미안하단다. 그래도 꿈을 잃지 않는다. 미래엔 훨씬 더 행복하리라 믿으며 산다.

나는 아름답고 경이로운 이곳 세상이 수행처라 생각한다. 고통이 있는 곳, 세상 모든 기쁨이 있는 곳, 이 세상 존재하는 모든 것들에게 한바탕 꿈이 되는 곳이기도 하다. 외로움과 그리움이 있는 이곳은 처음 시작이 있기 전, 고향으로 돌아가는 길이기도 하다. 행복한 사람의 눈으로 보면 이곳은 천국이요. 불행한 사람의 눈으로 보면 이곳은 지옥이다. 하지만 눈으로 보는 세상 속에는 행복이 있지 않다. 내 안에 행복한 세상이 있다. 나는 오늘도 마음속 세상을 산책한다. 아름다운 창조로 이루어진 영원한 세상을.

나를 보았다

눈을 뜨고 아무리 찾아도 보이지 않던 내가
눈 감으니 보인다.
태어나기 전에도 있었고 죽고 난 뒤에도 있을 내가
지금 여기 있다.
꿈을 꾸고 있다.
꿈꾸지 않는 때는 언제였던가
내 안에 영원이 들어 있다 하니
그것을 찾아야겠다.
눈으로는 볼 수 없는 것
지금 이 순간 보인다.
눈 감으니 그 안에 숨어있다.

마음의 산책

초판1쇄 인쇄 2013년 1월 15일
초판1쇄 발행 2013년 1월 20일

지은이   최초의
만든이   박찬순
만든곳   **예술의숲**
           등록 2002. 4. 25.(제25100-2007-37호)
           주   소 · 충북 청주시 흥덕구 비하동 효성@ 101-712
           전   화 · 043-232-2475
           휴 대 폰 · 011-467-4774
           이 메 일 · cjpoem@hanmail.net

ⓒ최초의, 2012. Printed in Cheongju, Korea
ISBN : 978-89-6807-005-1 03810